Crocodile

DENIS GOMBERT

CROCODILE

Roman

le cherche midi

Vous pouvez consulter notre catalogue général
et l'annonce de nos prochaines parutions sur notre site :
www.cherche-midi.com

92, avenue de France
75013 Paris

Conception graphique : Justine Dupré
Mise en pages par Nord Compo
Dépôt légal : mai 2022
ISBN 978-2-7491-7232-3

À Terence, champion du cœur

Crocodile

Terme employé pour désigner un joueur ayant l'habitude de jouer loin derrière sa ligne de fond en renvoyant des balles liftées et d'attendre la faute de son adversaire. Il est communément utilisé pour qualifier les spécialistes exclusifs de terre battue. Les termes « rameur » ou « limeur », plus négatifs encore, sont également usités.

PREMIÈRE PARTIE

1

Quand l'avion se trouve en phase d'atterrissage amorçant sa descente vers l'aéroport, avant que le train arrière ne s'ouvre sous mes pieds, durant les quelques minutes où le gros engin flotte dans les airs au-dessus de la ville, je me sens enfin bien, bientôt délivré du ciel et heureux de ce retour imminent sur terre. La haute altitude m'effraie. Bientôt nous toucherons le sol.

Tant mieux.

Je tiens la main de Christine et c'est entre nous comme une vieille promesse redite sans mots que ce lien de nos chairs par l'effleurement de nos doigts. Nous sommes revenus de trop loin, Christine et moi, pour parler quand cela ne s'impose pas. Ma main lui suffit et la sienne m'est tellement nécessaire.

Si je suis placé à côté d'un hublot, ce que j'essaie de faire le plus souvent possible, mon regard plonge pour détailler le paysage urbain qui se cartographie au sol.

J'ai fait le tour de la terre plusieurs fois mais je ne me

suis jamais habitué à l'avion. C'est toujours le décollage qui m'apparaît le plus angoissant. Ce saut dans le grand espace du ciel. L'atterrissage me convient mieux, comme la promesse d'un retour à la réalité. Au tangible.

J'ai beaucoup voyagé, oui. Les grands aéroports se ressemblent tant qu'on ne saurait plus dire, à partir d'un certain moment, ni sous quelle latitude ni sous quel fuseau on se trouve. Ma passion des tournois m'a conduit plusieurs fois à l'autre bout de la planète.

Des tournois de tennis, autant le préciser tout de suite.

C'est aussi pourquoi, lorsque je penche la tête vers le hublot et que mon regard scrute le sol, je souris toujours en apercevant – et c'est devenu comme un jeu, quelle que soit la ville où j'atterris – ces petits rectangles qui s'incrustent dans le paysage comme des carreaux de mosaïque. Depuis là-haut, je peux discerner les différents revêtements : Quick bleu pour jeu rapide, ocre de la terre battue en Europe et gris aux États-Unis, surface lente et agréable, ou parfois encore, mais trop rarement, la verdure du gazon. Autant de surfaces qui par leur couleur rythmaient mes saisons.

La terre battue rouge a toujours été mon revêtement préféré. Le jeu y est ralenti. Les gros cogneurs ont l'impression que leurs coups s'engluent dans des sables mouvants. Ils luttent contre la matière. Tout match s'allonge. Tout joueur s'y épuise. Chaque point doit être enduré dans son intégralité. Et tout doit tenir debout : les jambes, les bras, les nerfs. Sur la terre battue, on ne peut pas faire face comme le font aujourd'hui la plupart des joueurs, ceux qui prennent les courts de tennis pour des tables de ping-pong. Au lieu de s'arrêter et de repartir brusquement, il est préférable de chercher, appuis en ligne, toujours de côté, à glisser et à onduler, comme en danse. Et quand on chute au sol, cette cendre rouge s'imprime sur nos tenues blanches telle une tache de sang.

Il n'a échappé à personne qu'en trois ou cinq sets, les règles d'un match de tennis recopient précisément celles de la tragédie. Des actes. Grandeur du jeu et petitesse du joueur, j'ai vu des champions au sommet de leur art, forts et précis techniquement, calmes et apparemment sereins, perdre pied pour un rien. Un coup du sort, un oiseau dans le ciel, l'ombre d'un nuage ou le soleil en face et toute leur mécanique se dérègle. Quelque chose qui échappe même au joueur, quelque chose qui ressemble à furieusement s'y méprendre aux aléas de la vie, risque à chaque moment de contrarier le jeu qui, tant qu'il n'est pas fini, fait mine de repartir à zéro.

Jusqu'en 1978 l'US Open se déroule sur terre battue avant qu'elle soit remplacée par une surface rapide. Toutes les années 1980 ne se résument-elles pas à ce genre de choix ? Ère du synthétique et de la vitesse. Pareil pour l'Open d'Australie. En 1988, le Quick chasse la terre battue. Plexicushion à Melbourne et Decoturf à New York. Des surfaces composées de matériaux élaborés, disposés dans une stratification bien resserrée : une couche de béton, une couche de résidus de pneus, parfois un peu de sable, du caoutchouc, de l'asphalte. Sur tout ça une bonne grosse gâche de peinture acrylique bleue ou verte. Même si le Plexicushion est plus lent que le Decoturf, ces nouvelles surfaces accélèrent le jeu. Le règne des cogneurs qui savent frapper ; et même à hauteur d'épaule ! Le jeu va plus vite et favorise la puissance. J'ai vu des bancs de muscu installés dans les vestiaires. Le signe des années 1980 toujours ! Et, sans espace d'amorti possible, les tendons des joueurs souffrent considérablement. Nous reviendrons sur ce point.

Mais j'ai peur de vous ennuyer avec ces détails sourcilleux et ces souvenirs si lointains, désormais. Mes histoires de tennis n'intéressent plus que moi. Pourtant c'est cette passion qui a occupé le plus clair de mes jours. Coups droits et revers dans le petit carré. Une victoire ou bien une défaite, savez-vous, cela se joue souvent à pas grand-chose. Si la vie est incertaine, il n'est pas absurde d'en prendre son parti une bonne fois pour toutes. Et de continuer à jouer. Rien ne dure mais on peut jouir d'exister. Je crois qu'au bout du compte je peux dire ça.

Nous allons atterrir. La main de Christine enserre toujours la mienne.

2

Tout a commencé quand mes parents et moi avons passé des vacances à Pornic, dans un appartement de location. Mon petit frère Gaël vient de naître. Est-ce par compensation ou bien par volonté de me trouver une activité saine qui passe pour sérieuse à leurs yeux que mes parents m'ont inscrit au cours collectif de tennis ? Je ne sais. En tout cas, je me trouve – sans avoir le souvenir d'en avoir formulé la demande – habillé de pied en cap et prêt à recevoir ma première leçon. Les courts se situent tout près du littoral, entre le golf et le casino. On sent que la mer est là, toute proche. On peut s'y rendre à pied. « Parfait pour toi, Alain, à Pornic nous respirons », dit mon père.

Je vais sur mes huit ans, nous habitons le reste de l'année pas très loin de Massy, dans l'Essonne, et je suis élève de CM1, sans problème apparent. L'année s'est bien passée. À la rentrée, ce sera le CM2 et l'infernale litanie des devoirs à la maison qui recommencera. Les vacances, si longues, favorisent la pratique de nouvelles activités.

Je me souviens très bien que pour choisir ma première tenue, mon père m'a amené dans un magasin de sport du centre de Pornic. Et nous sommes vite tombés d'accord sur un ensemble short-chemise blanc un peu trop grand qui n'est pas loin de ressembler à celui d'un communiant.

« Cette tenue-là te va vraiment bien », me dit-il en reculant d'un pas.

Je me tiens droit, n'osant bouger, ne sachant pas quelle posture adopter, ne voulant pas faire le faux mouvement qui froissera le tissu.

« Non, c'est elle qui te va le mieux. On va la prendre. On dirait un vrai pro là-dedans. »

À ces mots, il m'adresse une petite tape derrière l'épaule et je sens sa main forte rebondir sur moi. Il paraît si joyeux.

Je commence à habituer mon corps à ce nouvel habit. J'ose une modeste imitation : la petite foulée du vainqueur qui monte au filet pour saluer l'adversaire, puis l'arbitre de chaise, avant de s'incliner vers les spectateurs de chaque gradin.

Fétichisée autant que portée, cette tenue fera vagabonder mon imagination tout l'été. La chemise blanche est à manches courtes, de très fines rayures bleues la strient verticalement, un poinçon bleu et rouge est cousu sur le pectoral. Une fois rentré à la maison, dans le canapé de la location où je dors, je me rends compte avec effusion que je partage avec l'immense Björn Borg le même écusson Fila. Nous appartenons à la même confrérie, lui et moi.

Pour mimer le chic, j'actionne indéfiniment les boutons-pressions. Le produit est de belle facture. Ces rivets dont le pourtour d'acier finit habituellement par s'éroder ou rouiller n'ont jamais cédé. Le short est d'un blanc immaculé et les poches munies de renforts. On peut y glisser des balles. Trois jeux de chaussettes en coton blanches, portées haut sur le mollet. Pour les tennis, les Nastase forcément, le must, blanches, barrées des trois bandes bleues de chez Adidas.

Incroyable que je ne m'aperçoive pas que tout aspirant tennisman arbore à quelques détails près la même tenue que moi. Je me crois unique. Sûrement que je le suis.

Plus patient et attentif est le choix de la raquette pour laquelle nous revenons le lendemain au même magasin, faisant le constat que ma belle tenue ne peut s'accommoder ni s'accorder à la vieille raquette qu'on me prête chaque jour pour jouer.

Ma première vraie raquette !

Mon père, qui a le génie du contact humain, sait par un rapprochement décontracté tirer le meilleur parti d'un vendeur. En moins de temps qu'il ne faut pour le dire il s'en fait un camarade ou même un ami dont il possède vite le téléphone. Un problème avec la télé ? « Tiens, je vais appeler Marc de Panavision. » Et le gars répond, content de rendre service à mon père. Pour n'importe quel espace quadrillé de notre quotidien – la voiture, le jardin, le grenier, le toit – mon père a quelque part un copain qui a pour nous une solution. Cela a beau horripiler ma mère, et me faire secrètement honte, le résultat est quand même qu'avec mon père les choses, du point de vue matériel, ne tardent pas à s'arranger.

Il s'entretient donc là depuis vingt minutes avec « le spécialiste » du rayon cordage du magasin de sport du centre commercial dont il s'est fait depuis hier presque un ami. Pour moi, il veut tout connaître des nouveaux modèles et savoir pour le tamis, pour la tension, pour la protection, etc. Pendant ce temps, je livre mes narines à l'odeur particulièrement enivrante des balles de tennis tout juste tirées des boîtes où elles sont comprimées et fraîchement servies. Le nectar vivifiant propage sa fièvre.

Mon père revient jusqu'à moi. Avec le vendeur, ils me mettent la graphite entre les mains, puis le monsieur me demande de tenir le manche du bout des doigts pour voir si elle touche par terre. Je suis venu avec ma tenue toute neuve qui a dormi sur une chaise à mes côtés, parfaitement pliée. Je reste comme ça un moment jusqu'à ce qu'ils décrètent que la vingt-trois pouces est la bonne. Le monsieur me montre un geste à répéter que contrefait assez mal mon père à côté de lui.

« Comme ça, Alain. Regarde. Comme ça. Et comme ça après. »

Je fléchis les genoux et laisse partir le coup en accompagnant le mouvement le plus loin possible, le regard droit porté sur une ligne fictive, comme on me le demande.

Peut-être mon premier point gagnant, certainement mon premier renvoi de fond de court, mon premier été dédié à un quadrilatère de 23,77 mètres sur 10,97.

Ma tenue est flambant neuve, magnifique donc, j'en tire pleine fierté – et je comprends que mes parents ont aussi trouvé avantage à ce que j'abandonne là, dans cet échange de vêtements, mes tenues de Spider-Man ou de Davy Crockett. Sans le savoir, je franchis un cap et entre dans la cour des grands en mettant les pieds pour la première fois sur un court de tennis.

Nous voilà sortant du magasin, moi si faraud, à découvrir un jeu que je mime déjà, avec au poignet, ultime achat de mon père pour compléter ma panoplie, un bracelet-éponge bleu marine, couleur dans laquelle peut s'incruster saleté et sueur sans qu'on les voie, plus un bandeau serre-tête de la même matière et de la même couleur. Ô comme je jubile ! Jamais je n'ai ressenti autant de fierté qu'en sortant de ce magasin de sport de Pornic avec ce bandeau ceint sur le front.

Dès le lendemain, je me présente au cours de tennis et dès le lendemain tout le monde sait.

« Alain, répète à maman ce que le prof a dit », me presse mon père.

Je m'approche de ma mère qui tient Gaël dans ses bras, sa grosse tête de nourrisson posée sur son sein, et je déclare, presque surpris que ces mots m'aient été adressés :

« Le prof a dit que j'étais un joueur de tennis-né.

— Et ça te plaît ? me demande ma mère.

— Oui, beaucoup. »

Pourtant mes connaissances en matière de tennis sont très limitées. Je possède l'habit mais je n'ai pas le métier. Revenant de mes premiers cours tout en longeant la longue allée de pins jusqu'à la résidence, je me soucie surtout que j'ai très peu pratiqué et que c'est sur ma seule attitude – et je me demande bien ce que veut dire par là mon professeur, un dénommé Jeoffrey qui en impose par son élégance sur le court et le galbe de ses mollets ronds et bronzés – que j'ai été remarqué.

« Un joueur-né », a-t-il dit.

Jeoffrey est le premier à m'avoir adoubé comme « tennisman ». Je trouve que le mot sonne joliment et m'amuse à le traduire : « homme de tennis », « homme qui joue au tennis », « homme toujours habillé en joueur de tennis ». Cette idée trotte en moi et m'emmène déjà loin, tout comme au magasin, en imagination.

Dès mon troisième jour – je suis inscrit pour le mois entier – dans cette nouvelle tenue, avec cette nouvelle ambition, je pose devant le Pocket Instamatic 60 de mon père, qui se baisse, fléchit les genoux et crie :

« Souris, souris bon Dieu, Alain. »

Mais je n'arrive pas à sourire. Je suis dévoré par l'esprit de sérieux et perdu dans mes rêves de gloire. Après les cours, en rentrant à la location habillé en tennisman et en faisant traîner, tourner ou sauter dans les airs ma raquette, je me vois jouer de grands matchs et m'imposer. Pourtant, je suis affreusement maigre, pas très grand, mon dos paraît voûté, j'ai les genoux cagneux. Je me tiens tout tordu car en réalité je ne sais pas vraiment évoluer facilement dans l'espace. Le tennis m'aide à me « placer ». On se demande ce que je peux bien renvoyer comme balle et même comment je peux tenir ma graphite avec ces bras dont aucun muscle n'est dessiné. Mes cheveux me tombent sur les yeux. Le bandeau n'y résiste pas. Un des premiers trucs que m'impose Jeoffrey est de m'envoyer chez le coiffeur, au salon Act Tiff' de Pornic.

Un enfant délicat, encore un gringalet, qui n'a pas encore pris tous ses repères et paraît étourdi. Voilà ce que je suis. Mais en mon for intérieur, ma chimère tourne à plein régime.

3

« Où vas-tu, Alain ? me demande ma mère.

— Mais là, pas loin, maman.

— Tu restes bien en bas, que je te voie. »

Mon mois de tennis a pris fin et j'ai encore trois grandes semaines de vacances devant moi. Mon père, qui doit repartir en fin de semaine et ne revenir nous chercher qu'à la fin août, a voulu m'emmener faire une sortie en catamaran. J'ai toujours eu une peur panique de la mer et cette sortie, à peine quelques ronds dans l'eau du côté de la baie de Bourgneuf, est un vrai cauchemar. Mal de mer et mal de terre. Double punition. Dès mon retour, je me rue sur ma raquette que je tiens ferme contre moi.

Comme annoncé, un dimanche soir, mon père regagne la région parisienne pour son travail. Il serre longtemps ma mère dans ses bras en lui répétant « Ça va aller ». Ma mère ne répond rien. Sous ses cheveux raides qui lui cachent le visage, elle garde la tête baissée et tripote la main de mon père du bout des doigts, comme un torchon qu'on entortille.

On me demande d'être bien sage, d'aider maman dans ses tâches ménagères et de faire le moins de bruit possible pour Gaël. Au lieu d'être sans cesse réquisitionné pour faire ceci ou cela, je me retrouve avec beaucoup de temps libre rien que pour moi. À part acheter le pain et deux cent cinquante grammes de viande hachée chez le boucher vers midi, maman ne me demande pas grand-chose. Le matin, mon bol de lait est prêt et je n'ai qu'à y ajouter deux poignées de céréales craquantes. Je mange avec bon appétit afin de prendre des forces. J'ai lu quelque part dans un magazine télé qui traînait sur la table du salon qu'une bonne alimentation était le secret de la réussite.

De son côté, ma mère est fatiguée. Elle dit qu'elle doit aller se reposer, « juste une petite heure », mais elle n'y arrive pas. Elle va et vient pour voir si Gaël dort bien dans son berceau. Elle me lance parfois : « Bon, tu restes gentil », et elle disparaît cinq minutes dans sa chambre avant de revenir. Un soir, il me semble que je l'entends renifler fort. Est-ce qu'elle est malade ? Est-ce qu'elle pleure ? Je n'ose pas aller voir. Je ne saurais pas quoi lui dire, ni comment la consoler. Je crois qu'elle voudrait me serrer très fort contre elle comme elle le faisait quand j'étais tout petit.

« J'y vais, maman.

— Oui, vas-y. Juste en bas, comme d'habitude. »

À quoi tient la providence ? Une fin d'après-midi, explorant les alentours de la résidence, je me mets en quête d'un terrain. Juste sous les fenêtres du bâtiment C où nous demeurons, un peu sur la gauche, j'avise un large mur décrépi couvrant l'arrière d'un garage désert ; autour, un parterre bétonné où poussent par endroits quelques touffes d'herbe. Ce grand rectangle dont je manquerai maintes fois la cible deviendra tout au long de ce mois de vacances mon terrain de jeu favori, mon court de tennis privé. Un lieu sanctuarisé et, plus qu'un monde, un univers.

Sur ce terrain improvisé à Pornic, au pied de la résidence, ce mur et ce parterre, je trace à la craie la ligne approximative d'un filet et d'un carré de service. Dès le début d'après-midi, je répète cent fois le même geste avec l'attention d'un samouraï maniant son bâton. David Carradine fait ça magnifiquement dans *Kung Fu*, une série dont je ne rate aucun épisode. Il s'agit d'un geste que Jeoffrey m'a enseigné et qu'il m'a demandé de travailler. « Un mouvement de base », comme il a dit. Rien de bien fracassant puisqu'il s'agit d'un coup droit à plat, sans effet, sans rien.

Dès que j'arrive près de mon mur, j'occupe cet espace devenu mien. Je me place bien face au carré de béton et recule au maximum. Au sol, j'évalue que là, à cinq mètres peut-être, je suis fond de court. De toute façon le tracé du béton s'arrête net et l'espace en retrait est constitué d'un petit gravier de deux mètres carrés maximum sur lequel mes pieds ne cessent de crisser et concassent jour après jour, à force de déplacements, les petits cailloux en sable fin.

Derrière ce sont des orties, urticacées en tous genres mêlées à des herbes folles et des grosses ronces. Il faut remonter haut les chaussettes. Perdre une balle dans le maquis de derrière où gisent le cadavre asséché d'un rongeur, deux sacs plastique éventrés, un noyau de pêche et un paquet vide de Gitanes Bleu sans filtres est une sorte d'aventure.

Je dois me concentrer. Face au mur. Provision de balles à ma droite. Milieu d'après-midi. Rayons du soleil qui rebondissent sur les tôles du garage. Je vais mettre en jeu. Ce sont mes grands débuts. Autour de moi, je perçois les bruits de la foule. Ils sont venus voir le jeune prodige. On les comprend. Puis le public s'arrête. Ça va commencer.

« Silence, s'il vous plaît. »

Je fais un petit signe de tête pour remercier l'arbitre de son intervention. On se relâche. Petits pas sur la pointe des pieds. Flex sur les cuisses. Position d'attente. On va y aller. À moi de me souvenir des quatre temps du geste que Jeoffrey m'a appris, les « quatre étapes clés », comme il l'a martelé.

En 1, la position d'attente. Le regard fixe sur l'adversaire et la tête de raquette tenue vers le haut.

Mon geste manque de grâce mais pour la position c'est à peu près ça.

En 2, tu fais « la mise à niveau ». Descente de ta raquette, puis un mouvement du bas vers le haut.

Pas trop mal, c'est le moment que je préfère. La préparation juste avant la frappe. Je le répète dix fois de suite au mur, m'appliquant jusqu'à ce que mon geste devienne mécanique.

En 3, « le plan de frappe ». Attention, la rencontre de la balle et de la raquette se fait devant la ligne de corps. Tu le sens bien que si tu es en place. Sinon tu risques d'arroser.

Répété cent fois.

Pour finir, en 4, tu accompagnes le geste. Le bras poursuit sa course avec la balle et ta raquette vient terminer sur ton épaule opposée.

Je m'aperçois que ma préparation en trajectoire est trop montante et qu'il faut que je la descende un peu.

J'ai encore du mal sur ma frappe mais j'adore ce geste de finition. Je suis sensible au travail bien fait. Je m'efforce de corriger. De m'appliquer. J'en foire quelques-unes mais j'en réussis une bonne. Oui, celle-là ! Quand le geste pur sort tout seul, il paraît si naturel, si facile, mais il suffit d'essayer de le reproduire pour le rater.

N'oublie pas le jeu du poignet après et ce sera nickel.

Mon match va pouvoir reprendre, cette fois je suis prêt. Je remets les compteurs à zéro. Disons que je suis en quart de finale d'un tournoi du Grand Chelem, Melbourne par exemple. Personne ne m'a vu venir. Au tour précédent, j'ai éliminé une tête de série. Tous les regards sont braqués sur moi. Journalistes à l'affût. La rumeur du public baisse progressivement mais j'entends son soutien indéfectible. Jeoffrey est à fond. Mes parents sont là aussi, en tribune.

Petit signe de la tête. « Monsieur l'arbitre, quand vous voulez. »

Ce grand rectangle blanchâtre, ce mur décrépi de six mètres sur cinq, s'imprime tellement dans ma rétine que je peux le faire réapparaître à n'importe quel moment en l'extirpant à volonté de ma mémoire, comme le magicien tire le foulard de sa poche. J'ai tellement dans l'œil ce cadre rectangulaire qu'au cours de ma partie j'y place, comme on place un viseur en son centre, un point aussi précis que possible pour jouer une première balle au service ou chercher pleine ligne au cours de l'échange. Au terme d'une partie homérique, au meilleur des cinq sets, j'emporte le morceau en crucifiant mon adversaire sur un passing-shot croisé. Le public se lève comme un seul homme et applaudit à tout rompre. Mes parents hurlent de joie et se jettent dans les bras l'un de l'autre.

Durant toute la fin des vacances, depuis le matin jusqu'au soir, ne rentrant à la loc que pour faire quelques menues courses et avaler vite fait un repas, je joue. Ce rectangle magique, ce parterre vaguement bosselé, ce terrain de gravier je le fais définitivement mien. Avec mes heures de jeu, les exercices de Jeoffrey et ce mot dont je me repais, « joueur-né », je pense avoir acquis une certaine compréhension du tennis. Heureusement que le rebond de la balle ne gêne pas trop les voisins car c'est la plus grande crainte de ma mère. Elle peut me deviner, silhouette toujours en mouvement sur son pré carré, depuis le balcon du quatrième étage. Et de me héler d'une voix impatiente :

« Monte maintenant, Alain, ça fait quinze fois que je t'appelle. »

4

Il ne m'a pas fallu longtemps pour tout savoir sur le tennis et ses champions. De retour en région parisienne, on m'abonne à *Tennis Magazine*. Le titre vient de paraître et fait un tabac en kiosque. Je lis cette revue tel un bréviaire et la traîne partout avec moi. Je commence à collectionner tous les posters centraux, qui envahissent petit à petit les murs de ma chambre.

À la rentrée, j'étrenne ma tenue dans la cour d'école mais on s'y préoccupe plutôt de balles au prisonnier et de dessins animés que de tennis. Dans cette lointaine banlieue parisienne où nous nichons, porté par la volonté tenace de notre maire de participer à l'aventure moderne du sport pour tous, je désire, comme bon nombre, être inscrit en club. Mais les travaux du gymnase ne sont pas finis. Ils ont pris du retard. Je me morfonds devant le panneau des travaux, qui indique pourtant que le chantier aurait dû être achevé, et glisse un œil derrière les palissades pour n'y découvrir qu'une grue immobile et des chenilles à l'arrêt.

De bonne grâce, mes parents se sont renseignés sur les clubs des communes voisines mais c'est trop compliqué pour assurer les allers et retours. J'essaie de défendre ma cause, rien n'y fait.

Un soir, mon père, un brin excédé, tranche. Il prend cette voix que je ne lui connais pas et qui est celle qu'il utilise pour tancer ses collaborateurs :

« Bon, Alain, le tennis, cette année, c'est non. T'es encore trop jeune pour traîner dans les rues. C'est pas une priorité. L'année prochaine, tu rentres en sixième. On verra à ce moment-là. »

Je lui en veux énormément. Il ose me dire ce que je dois faire ou ne pas faire. Pour qui il se prend, celui-là ? Ma mère essaie de trouver des solutions alternatives. Pour moi elle étudie le trajet et les horaires des bus intercommunaux. D'évidence, c'est trop compliqué. Elle doit elle aussi rendre les armes et acquiescer aux déclarations de mon père qui clôture le débat par ces mots :

« Et puis ton tennis, je me suis renseigné, ça coûte quand même bonbon. »

Toute une année à attendre mon tour. Et me morfondre dans ma chambre au milieu de mes posters. Tel un pénitent, je m'enferme sur un silence qui tourne à la rancœur. J'enrage. J'ai des fourmis dans les jambes. On appelle cela aussi des impatiences, je crois. Mais par pitié qu'on me donne une raquette tout de suite. Et je leur montrerai. Ils viennent de sortir un nouveau modèle tout confort pour les renvoyeurs fait en boyaux et cordes synthétiques. Moins de trois cents grammes. Plus de puissance, plus de légèreté.

Par provocation, je traîne dans le salon en chaussettes, arborant ma tenue complète. Gaël fait ses dents et se réveille la nuit.

Un soir j'entends mes parents parler dans la cuisine. Le ton monte entre eux. Mon père fait sa grosse voix, celle qui me fait peur. Ça dure longtemps. « Si c'est comme ça, je te le dis tout de suite », gueule mon père. Je me bouche les oreilles pour ne pas les entendre. Une porte claque et le mur tremble. Après, je ne perçois plus aucun bruit durant un moment. Je me lève pour aller voir Gaël dans son berceau. Il dort à poings fermés. Un filet de bave lui coule le long de la lèvre. D'un instant à l'autre, maman va venir. Je retourne me coucher. Tout va rentrer dans l'ordre, j'en suis convaincu. Ce n'est pas la première fois. Demain, papa sera là et m'embrassera rapidement à la table de la cuisine avant de partir. Mon cœur palpite. Finalement, la porte d'entrée s'ouvre et je perçois des chuchotements, des sanglots, le bruit d'un froissement de vêtements et des mots étouffés : « Pardon, pardon, je ne voulais pas. » Je m'endors.

Pour me faire patienter et parce qu'on finit par me trouver insupportable avec « mon tennis », on m'achète une raquette en plastique et une balle en mousse. Je me débrouille pour jouer des après-midi entières dans ma chambre en renvoyant la balle par-dessus le lit sans toucher les grands posters de Connors ou de McEnroe qui en viennent, à force de balles déviantes, à s'écorner puis à se déchirer.

Toute une année à vouloir m'évader. Au pied de mon lit grandit la pile de *Tennis Magazine*.

« Au moins, il lit », se satisfait mon père.

L'époque ne manque pas de héros. On navigue entre la fin de Borg et les débuts de Boris Becker, petit contre grand tamis, défense et vision du jeu contre assauts constants, jeu d'attaque. Le milieu du tennis est en pleine révolution. De vrais aventuriers entrent en scène. Ils pratiquent un jeu de tempérament dont le but semble être de vouloir abréger la partie et de réduire le temps du match à peau de chagrin.

Dans un petit carnet, je tiens le compte des classements ATP en faisant le recensement des victoires de mes champions préférés. Comme si j'étais leur coach, leur frère ou leur confident, j'accepte la méforme de l'un ou salue la performance-surprise d'un autre qui se voit subitement remonter au classement. Qui sera le numéro 1 demain ? Le jeu est ouvert.

Un peu exagérément, je m'enthousiasme un moment pour les frappeurs, ces nouveaux barbares des courts, avant d'apprendre à vraiment considérer le fond de jeu des grands joueurs dont la domination technique, pour savante qu'elle soit, paraît si naturelle.

Car les purs attaquants, partisans du service-volée, dont je commence à louer le jeu agressif, ne parviennent pas à exercer longtemps leur suprématie. On ne tue pas le jeu. Et le tennis, comme je le découvre devant les rares matchs qui sont retransmis à la télé, demeure plus fort et plus grand que ceux qui le pratiquent. Après avoir admiré ces gros bras du tennis qui donnent une réponse courte et facile à mes questions, je me penche vers d'autres styles de jeu. Durant la période du tournoi de Roland-Garros, lors de la quinzaine, je revis. À cheval sur les vacances de Pâques, je manque le moins de matchs possible. La quinzaine est pour moi une double semaine sainte.

Le soir, parfois, je lis dans mon lit et me relève d'un coup. Le berceau de Gaël a été placé au pied du lit des parents. C'était plus facile pour maman. Provisoirement, j'ai toute la chambre pour moi. Je rallume une lumière et au milieu de la chambre, le plus silencieusement possible, j'imite les frasques d'un Nastase, la frappe de mule d'un Boris Becker ou la façon qu'Henri Leconte, notre meilleur Français avec Noah, a d'arroser les tribunes sur un revers loupé. Pieds plantés en terre, sourire carnassier, balançant ma raquette d'une main, toujours en pyjama, je suis Connors, volleyeur décomplexé avec son revers d'attaque si puissant qui balaie d'un seul coup l'adversaire ; Connors, numéro 1 mondial durant cent soixante semaines d'affilée ! Ses frappes laissent l'adversaire muet ; il leur cloue le bec. Mais il n'a pas la classe internationale de Borg, « Iceborg » l'imperturbable – la quintessence même du joueur accompli qui possède toute la gamme de jeu et peut varier de style quand il veut.

Au Panthéon, il est le grand Dieu dont je veux reproduire le lift parfait et l'art de la concentration. Beau comme un dieu mais timide et secret comme moi, son jeu en recul exprime un style à part entière. Il y a tout le tennis dans la trajectoire ciselée de ses passings qui frôlent la tête en bois de mon lit et l'arête de mon bureau.

Mais, parce qu'il a du génie, je veux être McEnroe, le pur prodige capable d'inventer des coups qui n'existent pas dans les manuels. Son toucher de balle à la volée et son service si élastique me propulsent dans une autre dimension. Le tennis avec lui devient si aérien qu'à force de danser je manque me cogner contre la grosse armoire en chêne. Et puis McEnroe, quand il vient saluer au filet pour la poignée de main finale, le sale gosse au tempérament explosif, n'hésite pas à afficher sa colère et son mépris vis-à-vis de son adversaire et du monde entier. Ça me plaît bien, ça.

Je sautille, toujours en pyjama, pieds nus sur la moquette. « Mais voilà qu'Alain Fromentin va faire son apparition sur le court numéro 3. On ne parle que de lui cette année, Nelson. Après sa victoire à Melbourne, le jeune prodige français s'est imposé parmi les grands. Révélation du tournoi, il est en passe... »

« Tu éteins maintenant, Alain, il est tard. »

Ma mère fait semblant d'élever la voix. Je fonce dans mon lit. Elle passe une tête dans ma chambre. J'ai peur qu'elle me découvre en sueur. Je tente de protester.

« Oui mais y a pas école demain.

— Les enfants ont besoin de sommeil, un point c'est tout. Et j'ai besoin de toi pour aller au marché. Marlène viendra garder Gaël.

— Il rentre quand papa ? Il avait pas dit qu'il serait là vendredi ? »

Ma mère éteint la lumière sans me répondre.

« Mais pour l'inscription, pour le club, c'est bon pour la rentrée, hein maman ? »

Je tente de la retenir par ma question. Je vois qu'elle marque un temps d'arrêt sur le pas de la porte qu'elle ne se résout pas à fermer entièrement parce qu'elle sait que j'ai encore peur du noir.

« Va, ne t'inquiète pas. Pour ça, il a promis. Allez, bonne nuit. »

5

Je rentre en sixième. Tout est nouveau pour moi. J'ai un emploi du temps avec des trous et un cartable solide avec des renforts, plein de matières et de noms de professeurs bizarres. Je plonge dans l'univers du collège. Tout le monde se bouscule à chaque entrée et sortie de cours. Papa est content. Maintenant il m'appelle « mon grand ». Il y a beaucoup de papiers à remplir mais ceux qui m'intéressent le plus sont ceux de l'inscription au club de tennis. Je les replace toujours sur le dessus de la pile.

Un samedi de septembre, de bon matin, mon père me fait signe de le suivre. D'un coup de voiture, on se rend au club. Contre un chèque, on me remet, cartonnée et plastifiée, ma carte de membre. J'y colle un photomaton, portrait de l'artiste en joueur, où je porte mon bandeau-éponge haut sur le crâne. Quant à ma tenue, elle me serre un peu mais on me dit que cela ira encore pour cette année.

La première fois que je viens seul pour m'entraîner, je vois un garçon en train de jouer à lancer sa raquette d'une main vers le ciel le plus haut possible pour la rattraper de l'autre. Il n'a pas de balles avec lui mais il semble bien s'amuser quand même. Ça me fait mal quand il loupe son coup et que sa raquette, martyrisée, rebondit sur le sol. Il a l'air de s'en foutre et ne se préoccupe pas de moi qui le regarde depuis un moment.

« S'il vous plaît, s'il vous plaît », dis-je d'une voix polie.

Je lui demande timidement où sont les vestiaires. Ce garçon qui attend quelqu'un qui ne vient pas m'envoie dans la direction du local technique.

Quand je reviens je suis furax et lui se marre. Je lui fais la gueule et tente de lui lancer mon regard le plus sombre. Alors il sort de son sac un poignet-éponge Fila qui est encore sous plastique et me l'offre.

« Allez, sans rancune. Moi, c'est Éric. Tu joues ? »

Depuis ce jour, nous nous donnons rendez-vous devant le club. Quand nous pénétrons dans ce sanctuaire, nous le faisons à pas mesurés. Comme les pièces d'un château que l'on connaît par cœur, nous possédons vite les huit courts comme le fond de notre poche, ainsi que les deux indoors que nous avons le droit d'investir quand ils sont vides. « Jouer le couvert » est un honneur et, à mon échelle, une forme de consécration. Cette sorte de hangar amélioré qui a la propriété d'amplifier en écho le son de nos voix et l'impact des balles est pour moi un jardin majestueux. Le bruit y est assourdissant. Peu m'importe. Il est mon temple, mon église. Pour Éric, le premier théâtre de ses exploits sportifs et d'éternelles pitreries.

Les entraînements ont lieu deux, puis trois, puis quatre fois par semaine et le tennis remplit mois après mois presque tout notre emploi du temps. Il me consacre fils d'adoption d'une nouvelle famille, celle du TCE, le Tennis Club de l'Essonne, mon club. Je gagne vite le privilège de pouvoir y venir quand je le veux et disposer à discrétion d'un court.

Au TCE, deux cent trente-quatre adhérents, on ne montre que le meilleur de soi. « On vient ici pour se sentir bien et pratiquer un sport de gentleman dans la bonne humeur et avec élégance », prêche Kergall, notre président. *Exit* les tourments affectifs, les conflits familiaux ou les difficultés professionnelles. *Qu'à la porte du club s'abandonnent tes soucis !* pourrait être gravé au-dessus de la grille d'entrée qui grince et dont la peinture s'écaille déjà par endroits.

« On s'en fout », martèle Éric, dont c'est la grande devise.

Et cette façon de s'en foutre semble lui réussir. Il ne paraît concéder aucun effort. Il est la petite vedette du club et part déjà en tournoi. Mais s'il s'était présenté à tous les matchs auxquels il est engagé au lieu d'être forfait et parti je ne sais où, il serait classé largement au-dessus de tout le monde. Je suis flatté qu'il accepte de jouer avec moi. Il trouve que j'ai un truc. Et ça l'amuse.

Je sais que je suis plus sérieux sur le court et plus obstiné que lui. Et je n'ai que treize ans ! Certains disent que je suis plus terne. À l'unanimité on convient que je suis un bon joueur. C'est quoi un bon joueur ? Quelqu'un qui domine l'apprentissage et la maîtrise du jeu avec rigueur, effort et persévérance. Je pratique tous les jours.

Certains soirs d'hiver, quand le froid condense la vapeur de nos poumons, une fumée blanche s'échappe de nos bouches. Au bout de deux heures, tous les autres courts sont éteints mais nous restons seuls avec Éric à taper des balles. Pour moi, le tennis tient tout entier dans ces moments de grande intensité. Les livres m'ennuient, le cinéma n'est qu'un divertissement, les filles, avec leur air autoritaire et frémissant, sont trop compliquées. Au collège, j'ai compris qu'il fallait être ni trop bon, ni trop mauvais : je me fonds dans la masse. Je m'applique à donner un petit coup d'accélérateur au bon moment pour contenter les profs. Dans ma chambre, sur mon bureau, on trouve toujours un cahier ouvert, trois stylos éparpillés, deux notes griffonnées. Je donne facilement le change. Les parents pensent que je mets de la bonne volonté.

Pour marquer son impatience le gardien joue à éteindre la lumière, c'est le signal qu'il est temps de filer à la douche. Éric a trouvé un truc. Il pousse à fond la température de la chaudière et dévisse le pommeau des douches pour que l'eau gicle à gros jets et nous masse le corps. Ces soirs de semaine où le club est désert sont nos préférés. Nous ne quittons le club que parce que le gardien ou le président lui-même, trousseau à la main, l'exige. Nous nous sentons chez nous dans ce grand espace fantomatique et sonore, sous le halo des lumières. Et nous sommes dépités, dès que les beaux jours réapparaissent, de voir les joueurs, anciens ou nouveaux, mais tous traîtres au jeu selon nous, revenir sur nos courts comme on se réapproprie un terrain de villégiature.

Pour être plus juste, nous nous sentons au club même mieux que chez nous. Chez moi, mon père est de plus en plus souvent absent. « Il est en déplacement », m'explique maman. Et quand il revient, il n'est pas rare qu'il ressorte dans la foulée. Mon petit frère ne fait toujours pas ses nuits. Je l'entends réclamer plusieurs fois. Maman est inquiète. Comment un si petit être peut-il gueuler si fort ? Ses cris cessent un moment. Et reprennent de nouveau.

Du côté de chez Éric, c'est une autre histoire. Il n'a ni frère ni sœur. Pour moi, il est le roi du monde. Quand je vais chez lui, dans sa vaste maison, je trouve que tout y est plus grand que nature : les deux canapés en cuir souple qui se font face au milieu du salon sont immenses, la cuisine à l'américaine dernier cri équipée d'appareils high-tech luit comme une salle de coffre-forts ; à l'étage les chambres des invités sont impeccablement décorées mais invariablement vides. À part une bonne sans âge et un monsieur qui vient pour s'occuper du jardin, je ne vois jamais personne chez Éric. Sa mère va et vient perpétuellement et laisse des petits mots sur le plan de travail de la cuisine en granit à côté d'une collection de couteaux suspendus. « Servez-vous » ; « Mangez ce que vous voulez » ; « Prenez tout ».

Je n'en reviens pas. Éric possède une salle de billard et un salon TV où un gros magnétoscope est encastré dans un meuble en bois laqué. Mais mon ami regarde tous ces biens avec distance et peut-être même avec dégoût. De sa maison, il n'apprécie que le garage transformé en sorte de vestiaire, large bazar où s'entassent des paires de skis, des tenues de plongée, des licols de chevaux, un grand sac bourré de clubs de golf de toutes les tailles et des raquettes de tennis fourrées dans tous les coins.

« Prends-en une. N'importe laquelle. Elle est pour toi.

— T'es sûr ?

— Mais oui, Alain, on s'en fout. »

Le lendemain, je me pointe avec ma nouvelle raquette et Éric me dit que ça ne changera rien. Il est bien décidé à me mettre une raclée ! On tire au sort qui servira le premier, puis chacun regagne son coin de court. Notre match peut débuter. Éric sert comme une mule. Même sur les deuxièmes balles.

Plus je joue et plus je comprends ce que je préfère dans le tennis. Moi, ce que je veux, c'est allonger le temps à l'infini en tenant l'échange et dessiner dans l'air des courbes modulables et variées. Rien ne me procure autant de satisfaction. Il m'a fallu peu de temps pour apprivoiser cet étrange objet qu'est une raquette, connaître parfaitement les règles du jeu, savoir renvoyer la balle, bien se placer face à elle, appréhender la distance, être patient, appliqué, régulier, tenace. Mieux : être déterminé. Au tennis, à tout moment, on peut tout perdre. Ce n'est pas un sport pour les orgueilleux, c'est un mantra pour les humbles. Une victoire n'est jamais acquise. Jamais. Chez l'autre, en face, toujours subsiste l'espoir de vous battre. Jusqu'au dernier point tous les espoirs, comme les rêves, sont permis. Lorsqu'on est pris au jeu, on devient accro. Le plus difficile à admettre est que tout repose sur un équilibre précaire et qu'en un instant, tout peut s'effondrer. Si près de la victoire, chuter.

Je vois bien que de son côté, de l'autre côté du filet, Éric ne se pose pas autant de questions que moi. Il néglige souvent ses relances et se montre paresseux dans l'échange. Ou simplement distrait. Toujours j'ai l'impression que quelque chose l'appelle en dehors du court. Plus d'une fois il fait mine de me laisser en plan. Seulement si je joue trop bien, si je m'applique et que mes coups passent, à cet instant il se pique de jouer. Quand l'orgueil ou la passion se réveillent en lui, il peut se livrer à bloc et tout donner. Il vient de me reprendre deux jeux blancs sans me laisser le temps d'installer mon jeu.

On était partis pour quelques balles et voici qu'on s'est laissé entraîner dans une partie âpre et acharnée. Un cinq sets à la façon des grands. Je ne me rends plus compte de rien, ni du temps qui file, ni de mon état de fatigue, ni de la déshydratation progressive qui fait que ma transpiration sèche et que la température de mon corps augmente.

Je continue de courir sur chaque balle. Je reviens magistralement dans le quatrième et je crois la partie gagnée.

Tu parles. Éric accélère et m'expédie sur le cinquième.

Dans les vestiaires, je fais la gueule et me demande ce qui cloche. Pourquoi me bat-il quand il le veut ? Je voudrais qu'on y retourne et qu'on règle ça tout de suite. Mais il est 20 heures passées. J'enfourne toutes mes affaires dans mon sac et je file en courant. Éric me doit un match revanche.

On est vendredi. Ils sont assis à la table. Pour une fois mon père est rentré plus tôt. Gaël est sur sa chaise haute et rejette la moitié de la soupe qu'on tente par mille ruses de lui faire avaler.

« T'étais où, Alain ? me demande mon père tout de go, dès que je franchis la porte.

— D'où veux-tu qu'il vienne ? répond ma mère. Regarde-le. Du tennis, bien sûr !

— À cette heure-là ? »

Je file discrètement dans ma chambre pour étaler mes cahiers sur mon bureau et faire croire que mes devoirs avancent. J'entends mon petit frère qui gigote dans le salon. Il doit en mettre partout. Étonnamment mes parents sont de bonne humeur ce soir et je les entends rire à gorge déployée. Mon père est d'une gaieté un peu trop démonstrative.

C'est vrai qu'il est plus souvent à la maison, il n'est plus cette ombre qui entrait et sortait. Il serre maman de nouveau un peu plus fort contre lui quand il part. « Voyageur de commerce », son travail annonce son mode de vie. Toujours une valise prête. Sûrement qu'il a trouvé avec ma mère une forme d'arrangement depuis le soir où ils s'étaient tellement crié dessus. Je crois que ça va mieux.

Un soir, il vient dans ma chambre avec un gros catalogue qu'il se met à feuilleter à côté de moi, près de mon lit. Ce sont des pièces détachées pour des machines-outils. Il y en a de toutes les formes.

« Tu vois, c'est mon boulot », m'explique-t-il.

On reste un bon moment à les commenter. Il me montre ses préférées. Celles qui servent à l'assemblage de robots qui travaillent dans de grandes usines partout en France.

À chacun de ses retours, il prend désormais l'habitude de me ramener quelque chose. Un illustré ou un jouet tout droit extrait des bacs promotionnels des stations d'autoroute. Pour cette attention, je me précipite vivement à son cou. Il temporise en me disant que ce n'est rien qu'une babiole mais qu'il est content que ça me fasse plaisir.

Ces derniers temps, surtout depuis que Gaël se tient debout et cherche à attraper tout ce qui se trouve à portée de main, il part moins. Je retrouve sa présence dans la maison : sa veste à carreaux sur le dossier d'une chaise du salon, l'odeur de son after-shave du côté de la salle de bains et des mots lancés tout haut, çà et là dans la maison, quand il se cogne ou qu'un objet lui résiste, bouchon de liquide Destop ou boulon de roue de vélo grippée. « Merde » et « Chier » tonnent dans la maison.

Bien qu'on soit vendredi soir, les parents vont encore

me demander de me coucher tôt. Ils auront à faire entre eux, prétexteront-ils. Le tapis de la chambre de Gaël est jalonné de cubes. Il faut que je fasse attention en allant me coucher de ne pas marcher dessus. J'ai du mal à trouver le sommeil. À l'infini, je rejoue dans ma tête mon match contre Éric. Sa désinvolture m'énerve. Je dois tirer les leçons de ma défaite et élaborer une stratégie pour le prochain match. Discrètement, sous mes draps, d'un geste comprimé, j'affûte de nouveaux coups. Il faut que je sache vraiment ce que je vaux et que j'affronte toutes sortes d'adversaires. Il faut que je participe à des tournois. Des vrais.

Au petit déjeuner, j'en parle à mon père, qui demeure pensif et suspend, comme il sait si bien le faire, sa réponse.

« Des tournois de tennis ? me demande-t-il.

— Oui, des compétitions. »

Le mot lui plaît. Il le digère et le mâchonne en bouche.

6

Les raquettes sont bien rangées dans leur housse pour que la lumière ou les chocs n'abîment pas le cordage et que l'« âme » du boyau, part vivante de la raquette, puisse délivrer un son juste. Au même titre qu'un violon, mon père les pose très cérémonieusement sur le sofa de l'entrée, puis les dispose délicatement à l'arrière de notre voiture familiale, une R18 break rouge qui s'étire à l'infini. Comme on met les bijoux au coffre ou le calice au tabernacle.

Depuis le début de la semaine, l'itinéraire est balisé et fléché. Papa m'accompagne pour mon premier tournoi, une compétition organisée par un club du département uniquement réservée aux juniors. Nous avons été flattés en recevant les papiers d'inscription de voir que ce tournoi était homologué par la Fédération française de tennis. Je découvre vite que, toutes catégories confondues, il s'en déroule une dizaine chaque week-end rien que dans le département et des centaines au niveau national.

« Ce sera notre moment à nous », me glisse mon père en montant en voiture.

La règle implicite est la suivante : si je joue au club, maman vient avec nous et le match est l'occasion d'une sortie familiale ; si nous partons « plus loin », cela devient une « affaire d'hommes » et mon père se charge de tout.

Il crée entre nous les conditions d'une complicité qui n'a jamais existé. J'ai toujours eu le sentiment que mon père se donnait plus aux autres qu'à moi-même. Et cette impression, peut-être fausse, me reste encore à l'avant de la voiture où il a tenu à ce que je prenne place tandis qu'il s'assure que tout est fin prêt pour moi. Rien n'est plus dérangeant que la confiance d'un proche. Et d'un père en particulier.

Nous sommes en route pour mon premier tournoi. Je reste silencieux dans la voiture. Mon père essaie de me prodiguer, avec toute la bonne volonté maladroite qui le caractérise, des conseils :

« Ne t'en fais pas, si tu joues ton jeu », commence-t-il.

Ou encore :

« On va pas se mettre la pression. »

Ou bien, sur le ton assuré du spécialiste :

« C'est l'entame du match le plus important. Tu m'écoutes, Alain ? »

Mais à aucun de ses propos je ne réponds et il semble, tout en plissant les yeux pour mieux voir le dessin de la route, se convaincre lui-même que ses paroles sont prémonitoires.

J'ai vite compris que ma prise en main ne dépendait que de moi. Quand une balle m'est lancée, je la renvoie du mieux possible. C'est au travers de ces longs échanges silencieux, en « jouant le mur », face à Éric ou face à un adversaire invisible, que j'ai patiemment construit mon jeu. Je ne veux dépendre de personne au sujet des sacrifices que je consens à fournir. C'était moi le responsable, un point c'est tout.

Ce matin-là, mon père est tout sourire. Il arbore lui aussi une tenue de sport que je ne lui ai jamais vue. L'intérieur de la R18 sent le camphre. Papa, grosse montre, poils fournis sur l'avant-bras, remet en place ses lunettes antireflet qu'il tient à portée de main. Il se réjouit de cette petite échappée et sifflote en tapotant le volant. Je sais qu'il ne se sent vivre qu'en voiture.

« Notre moment à nous, Alain, à tous les deux. »

Il fait semblant d'apparenter mon premier tournoi à une simple sortie au restaurant ou à une balade au bois, au mieux une partie de pêche entre père et fils, alors que déjà, depuis hier, j'ai le ventre tordu par la peur de perdre mes moyens et de chuter dès le premier match. Si je rentre vaincu, qu'est-ce que je raconterai chez nous aux gars du club ? Et que dira Éric ?

Si ce moment-là ne doit être qu'à nous, il l'est dans l'idée que je me sens jugé, évalué à chacun de mes gestes.

« Ce n'est plus très loin. Je suis déjà passé par là », me prévient mon père après à peine une demi-heure de route.

Long sifflet d'admiration en pénétrant dans la contre-allée qui mène au club.

« Dis donc, c'est un peu chicos par ici. »

On est largement dans les temps. La convocation était pour 10 heures du matin. Au tableau de bord de la voiture, les chiffres à quartz rouges indiquent 9 h 30.

On passe le porche, une grille à deux battants largement ouverts. À l'entrée, nous repérons l'affichette du tournoi et les flèches à suivre pour rejoindre le parking. Mon père maintient fermement son volant en exécutant une marche arrière pour garer la voiture sous un arbre qui propose de l'ombre. Moi, j'aurais aimé qu'on ait une Volvo, la 245 DL par exemple, qui a une meilleure tenue de route et plus de classe que notre Renault fatiguée.

Pour une fois, je crois que mon père et moi partageons la même idée et que nous retenons nos mots en même temps. Les quelques voitures qui occupent l'espace sont de grosses cylindrées. À côté d'elles, ancienne belle, notre voiture souffre de la comparaison. Alors que sa manœuvre était engagée, je vois mon père donner un brusque coup de volant pour repartir en avant et propulser le véhicule plus loin, dans un autre coin abrité du soleil mais aussi du regard des autres.

« Allez, Alain, c'est le grand jour », dit-il en sortant de voiture et sans autre forme de commentaire.

Le cordage de mes raquettes a été vérifié et revérifié. On a fait régler à vingt-deux kilos et ça me convient. S'ancrer dans une habitude pour ne plus en changer, c'est tout moi. Le périmètre rassurant des choses qui fonctionnent me permet de croire en ma chance et d'engager la partie bien avant qu'elle ne débute. Je n'ai presque pas dormi de la nuit, j'ai eu des crampes d'estomac terribles mais quand même je me sens prêt. « Ce grand jour » dont parle mon père, je l'appelle pour moi « jour de vérité ».

Je sors de la voiture avec mon gros sac Ellesse en bandoulière qu'on m'a offert pour l'occasion. Dans mon esprit d'enfant, cette dépense doit être remboursée d'une façon ou d'une autre, en remportant le tournoi par exemple, dont la dotation est mineure mais qui représente à mon échelle une sacrée fortune. Sans compter que les inscriptions dans ces tournois interdépartementaux, aussi modestes soient-ils, coûtent aussi et viennent s'ajouter au budget tennis. Mon père a raison, « ça coûte bonbon », tout ça.

L'ouvrier sa blouse, le sportif son survêtement, je dispose d'une tenue complète de rechange dans mon sac, plus mon serre-poignets-éponge que je considère comme un talisman, bandana, chaussettes blanches et neuves, bouteilles d'eau. Au bout de quelques pas, la lanière du sac me tire sur l'omoplate mais un sentiment de hardiesse m'enveloppe, la suffisance du marin qui, sac à l'épaule, entre dans un nouveau port.

J'avance encore de quelques pas et je devine du regard les courts qui attendent derrière un grand bâtiment de béton.

Il me semble entendre le bruit d'un échange. Et si ça avait déjà commencé ? si nous étions en retard ? Et si c'était foutu ?

Non, il n'y a quasiment personne. On est même dans les tout premiers. Je ralentis le pas. Mon père vérifie que les portes de la voiture sont bien fermées. Il me rejoint à petites foulées, content de me montrer sa forme sportive. Sur le perron nous sommes accueillis par de grandes plantes vertes entretenues au pistolet, variété de ficus, cactus géants, bouquets dits stabilisés et de l'autre côté une pub pour Orangina sur un panneau d'émail, un peu rouillé, monté sur pied qui s'incline au gré du vent. Je découvre des vestiaires ridiculement petits, bien plus petits que ceux du TCE, en tout cas trop petits pour recevoir tous les joueurs annoncés du tournoi. Pas facile de se déshabiller à la va-vite dans un petit coin sous le regard des autres. Mon tour d'inspection me révèle qu'il manque quelques carreaux dans la douche et que les peintures sont écaillées, mais ce n'est pas grave. Ici, ça sent le tennis.

7

Premier match officiel, premiers émois, premiers doutes. Je fouille compulsivement dans mon sac pour vérifier que j'ai bien tout, y compris un pot de talc pour le grip et des petites barres de céréales hyperprotéinées. Tout doit être en place. Chaque chose peut faire sens ou être annonciatrice de ce qui va se passer. Sur l'encre délavée de la feuille de match qui est insérée dans une pochette plastique, je vois le signe prémonitoire d'une victoire ou d'une défaite. Nos noms ne sont pas encore inscrits sur le grand tableau d'affichage. Au taux d'humidité du terrain que je vais contrôler, j'anticipe une difficulté. Je teste le sable, je soupèse la densité de la terre battue sur laquelle j'évoluerai. Mon regard se perd et fuit sur le tracé à la pâte crayeuse des lignes de court.

Vers 10 heures, ça s'impatiente un peu. Tout le monde a pris du retard. Des propos narquois sont échangés entre gens de clubs différents qui viennent d'arriver. Toute l'Essonne est représentée. On se jauge, on se nargue. Mais on reste bon enfant. Il y a de l'énervement dans l'air parce que les officiels ne sont pas encore arrivés.

10 h 30. Selon le règlement, précise quelqu'un, un petit homme chauve en pantalon et veste, on doit déclarer les forfaits et les consigner sur une feuille dès maintenant. Peu de gens l'écoutent. On est concentrés sur le ciel dont on commente la couleur. À croire que c'est lui qui décidera de tout. Je le contemple aussi. Longuement.

Des voitures arrivent enfin sur le parking. Les officiels. Puis des joueurs retardataires qui ne semblent pas s'émouvoir plus que cela qu'on les attende. Pour plus de commodité, on a sorti et disposé sur le gravier extérieur un vieux tableau noir et piqueté sur lequel, avec application, quelqu'un inscrit de manière cérémoniale l'ordre des matchs. Mais pas encore les noms ! J'entends quelque part qu'ils doivent faire la répartition des joueurs selon les niveaux et les catégories. Petit à petit les choses s'organisent. Dès qu'ils sont enregistrés auprès des officiels qui siègent sur un banc devant une grande table amenée à la hâte, certains joueurs rompus à l'exercice filent au vestiaire et partent s'échauffer.

Un rang de joueurs se forme à la queue leu leu. Quand mon tour vient, on me pose quelques questions. Je suis le petit nouveau et je suis inscrit au TCE, c'est bien ça ? J'acquiesce. Je les entends prononcer plusieurs fois le nom de Kergall en se marrant dans la foulée. Je redoute une mauvaise blague ou que quelque chose cloche. Non, ma préinscription a bien été enregistrée. Je suis bien adhérent du club et affilié. Tout est en ordre. Je signe ma première feuille de match.

« Bonne chance, petit, me dit l'officiel, ça démarre quand on vous appelle. »

Et il passe au suivant.

J'ai l'air un peu ridicule avec ma raquette sous le bras que je tiens comme une baguette de pain. Est-ce que j'en avais besoin pour venir signer la feuille de match ? Personne ne fait ça apparemment. Je me sens perdu quant à la marche à suivre. Quelle attitude adopter ? Est-ce le moment d'aller s'échauffer ? Quand est-ce que les choses commencent ?

Mon père regarde par-dessus mon épaule pour voir si j'ai inscrit mon nom au bon endroit :

« Tu vois, Alain, c'était pas la peine de s'inquiéter. »

La honte qu'il me fout.

Comme de juste, lui fait copain-copain avec untel ou untel, glanant quelques renseignements qu'il vient me rapporter sur le ton de la confidence : « Se méfier du grand à lunettes là, avec ses chaussettes à deux bandes portées à mi-mollet, c'est le champion régional, tu vois » ; « Il paraît que le filet du court numéro 5 n'est pas assez tendu, joue à plat et au milieu. » Ptolémée en sandales, je le vois partir calculer avec pour seul instrument ses doigts écartés la courbe du soleil pour que, de ce côté-ci ou de ce côté-là, si je suis appelé sur le court numéro 4 ou sur le numéro 2, à telle ou telle heure, je n'aie pas le soleil dans les yeux.

Absurde puisqu'on change de côté à chaque jeu impair

et que le ciel est toujours recouvert de nuages moutonneux. Deux jours que je connais la météo par cœur, je l'ai même découpée dans le journal.

De mon côté, tant qu'on ne m'a pas appelé, j'enregistre tous les détails possibles. Cette « arène » que je m'imaginais ce matin en voiture est un bien grand mot pour définir ce club-house fatigué où beaucoup de parents tentent de vivre par procuration la passion de leur rejeton. Je surprends quelques mots jetés près des vestiaires où se lit la crainte d'un jeune joueur démuni face à l'exaspération de l'adulte qui le tance sur un ton agressif et postillonneur.

« Alors maintenant tu veux quoi, Nico ? Bon Dieu, on est venus jusque-là. On va pas se barrer maintenant. Allez, tu te secoues un peu. »

Je ne veux pas en entendre davantage. Je reviens vers le tableau noir. Mon géomètre de père est certainement parti à la recherche de nouveaux amis et à la pêche aux infos inutiles. Je l'avise et le retrouve près du coin bar où les glaçons fondent dans des verres ébréchés. Certains pères y noient une anisette matinale. Ils ont décrété que c'était le week-end et qu'ils avaient bien le droit de se détendre. Je vois une main plonger dans un gros congélateur cubique, une malle au trésor remplie de crèmes glacées. On me propose un cône vanille-chocolat que je refuse poliment. D'autres gamins acceptent volontiers et se mettent à lécher leur glace en faisant attention de ne pas tacher leur tenue. Ils m'écœurent.

« Hé, Alain, Alain, viens là, mon champion, que je te présente... C'est mon fils. »

Je pique un fard que personne ne remarque et retourne *illico* vers les vestiaires. Une odeur de rance et de renfermé me prend à la gorge, pareille à celle des locaux techniques dont le système d'aération est tombé en panne.

J'observe les grands de loin. Le groupe autour du bar s'est agrandi. Ceux que j'ai pris au départ pour une grande famille mimant fraternellement d'éternelles retrouvailles ne me semblent qu'un assemblage hétéroclite de gens communs. Ils ne sont pas aussi pros que je le voudrais. Parmi eux, dit-on, des anciens champions ayant monté leur club et qui en font ce matin la publicité, un élu local dont le fils joue et qu'on vient saluer, des allant par deux, l'adulte et l'enfant, habillés pareil, compétiteurs de pacotille à l'équipement trop neuf pour être honnête ; tout ce beau monde fait « petite société ».

« Allez, Alain, viens là. Fais pas ta mauvaise tête. »

Je suis contraint de les rejoindre et de me présenter.

« Alors, champion ? »

Quand il sort de la bouche des adultes, « champion » est accompagné d'un rire et d'une tape sur l'épaule, d'une caresse dans les cheveux – je déteste, comme tous les enfants, être décoiffé – et d'un encouragement à persévérer car rien ne viendra sans le travail. Sur ce point, toutes les grandes personnes sont d'accord.

« Premier match ? »

J'incline la tête, résolu à recevoir encore un nouveau conseil ou une tape amicale, quand une voix au micro nous avertit :

« Catégorie junior interdépartemental, Alain Fromentin et Alexandre Labadie se préparent. Prêts à débuter sur le court numéro 8 dans dix minutes. »

8

Un tour rapide au vestiaire, la vérification de la tension de ma raquette, un petit réveil musculaire, flexions jambes, étirements poignets, torsions chevilles, et je fais mon entrée sur le court. Trois rangées de bancs en béton en guise de gradins. Mon père prend place au beau milieu. Je repère que la bande blanche du filet est sale et fatiguée et qu'elle n'est pas vraiment tendue comme il le faudrait.

« Alain, gagné ou perdu, on s'en moque, l'essentiel est de bien jouer. »

Mon père se compose devant tout le monde, une dizaine de personnes en ce début de journée, le personnage du gentleman sportif. Il lui faut avant toute chose laisser entendre qu'on est là pour passer du bon temps et respecter l'esprit du jeu.

Je le trouve anormalement confiant. Après quelques balles d'échauffement fond de court, sans appui, longues et régulières, puis le tirage au sort du côté de jeu, le match débute rapidement.

Mon entame de match n'est pas facile. Je suis mauvais, je n'arrive pas à me concentrer. D'entrée je perds mon service car je suis assailli par trop d'émotions. Je n'arrive pas à caler mon jeu. Je m'énerve au lieu de me calmer. Et puis j'entends, j'entends mon père : il est devenu furibond.

Je le sens, là sur le côté, descendu des gradins au premier rang, se tordre comme un damné ou exploser chaque fois que je commets une faute directe. Son « Oui, Alain, allez, maintenant » sur un retour gagnant où je commence à trouver mes marques me stimule et me tétanise tout à la fois. J'essaie de ne pas entendre ses paroles et de jouer pour moi. Parvenir à me mettre dans une bulle. Être sourd au monde. Nous n'avons pas commencé vraiment le match que j'ai déjà envie de lui jeter ma raquette à la figure. Qu'il essaie de la renvoyer lui, la balle ! Heureusement, quelque chose de la beauté du jeu retient mon geste.

Contre toute attente et sans savoir comment je réussis avec le niveau de jeu très faible que je produis, surtout si je le compare à la gamme variée et inventive que j'ai déployée avec Éric toute la semaine dernière, j'arrache le premier set sur une double faute et un manque d'attention de mon adversaire. En laissant éclater sa joie, qui est aussi de la hargne, à la fin du set et en levant le poing bien haut, mon père pousse un hurlement satisfait qui a l'air de n'effrayer personne, sauf moi. En changeant de côté, j'avoue ressentir une grande gêne et puis même, comme lorsqu'il fait croire à n'importe quel vendeur d'aspirateur qu'il est son meilleur ami, de la honte.

Au temps de repos avant la reprise du deuxième set et même si nous nous sommes serré la main en début de match, je considère mon adversaire que jusque-là je n'avais pas détaillé. Il est sensiblement plus grand que moi. En taille et en âge. Sur le haut de sa lèvre supérieure, une petite barrière de poils. Et sur ses jambes d'autres tout frisottés. Il ne possède pas de vraie élasticité dans son jeu mais rentre fort dans la balle. Heureusement, sur le premier set ses parpaings ont fini dans le filet ou loin de la ligne.

À la reprise du deuxième, il slice son revers dès qu'il le peut. Il me surprend sur quelques amorties. Sur l'une d'elles, je ne cours pas, sachant d'emblée le point perdu. Mon père me jette un regard noir, ne voulant lire dans cet abandon qu'une absence de volonté. Je reprends mes marques, glissant mieux sur la terre battue – de loin mon revêtement préféré –, et je contrains mon adversaire à jouer fond de court, l'éprouvant en balles longues, lui infligeant l'essuie-glace, le poussant et l'usant, à force d'allonger l'échange, à la faute irrémédiable. Je le fais « ramer » et le prive de balles courtes, de sorte qu'il ne peut entrer dans la zone d'opportunité du milieu du terrain.

Mon jeu n'est pas impressionnant mais il est régulier et efficace. En face, mon adversaire est tenu de hausser le niveau. Sa première balle de service passe mieux. Il enquille les aces. Me surclasse sur un jeu blanc. Il écrase au maximum, comme pour me rabattre le caquet. Confiant en sa vigueur, ayant fait le break d'entrée, il s'impose facile au deuxième. Sur chacun de ses services, en position d'attente, je sais qu'il va avoiner. Je recule, je recule, c'est du terrain et des points que je lui cède.

Troisième set. Ce garçon est plus athlétique que moi et bon technicien. En un mot meilleur. Si ça se trouve, il est déjà classé. De nouveau, il me prend mon service en début de set. À ce moment-là, mon père doit penser l'affaire pliée. L'avantage est que je ne l'entends plus. Je le reconnais juste à son impatience un peu brusque qui s'agite dans son coin. Mais une soudaine fatigue, peut-être un manque de concentration, fait commettre soudain trop de fautes à mon adversaire. Je sens que je regagne du terrain. Mon père ne s'en aperçoit pas. Il est ailleurs, à évaluer dans sa tête l'itinéraire du retour, calculant à quelle heure on pourrait être à la maison. Peut-être y sera-t-on pour le déjeuner ? Sûrement même. Il révise le débriefing qu'il veut me faire du match et me rappeler, fair-play oblige, que, gagné ou perdu, l'essentiel est de participer. Il était acquis pour lui que le gosse d'en face était plus grand et plus fort que moi. Mais que je m'étais bien battu.

Je reprends encore son service à mon adversaire. Un de mes retours gagnants le scotche sur place. Il n'en croit pas ses yeux. Je l'aperçois de l'autre côté du filet qui jette sa raquette. Sur mon service, je m'accorde à peaufiner mon geste, quitte à l'exagérer, sachant et surtout ressentant qu'avoir de la puissance dans la frappe n'est pas qu'une question de force mais aussi de synchronisation et de poussée. Je prends mon temps. Là-bas, à plus de dix mètres de moi, il pratique de longues expirations pour se calmer.

5-3. Il a repris du terrain et sert pour le match mais je libère au bon moment deux décroisés de fond de court qui touchent pleine ligne. En junior on joue au meilleur des 3 sets et je compte aller au bout de l'aventure, même contre un plus grand, même contre un plus fort. Je reviens à la marque. Dans les tribunes, ce qui est rare dans un match du matin, quelques parents se mettent à m'applaudir et me soutenir. Les rangs se sont grossis. Le « gosse » d'en face traverse manifestement un passage à vide tandis que le « petit nouveau » assure son récital. Mon père, qui est revenu au jeu mais se fait plus discret, en rosit de plaisir. Dans ces louanges, il se taille sa part d'orgueil. De mon côté, miraculeusement, tout passe : des passings long de ligne, des accélérations dans le temps, des contre-pieds, des amorties, des smashs. Quand je touche avec le bois, ça passe encore. Un vrai festival. 5-4. 5-5.

Mon adversaire doit être blessé ou victime d'une fringale. Pourquoi tourne-t-il comme il le fait en sous-régime ? C'est plus qu'un passage à vide. Lui qui tout à l'heure me tenait sous son joug, il me semble maintenant presque trop évidemment à ma portée. Chacun de mes coups fait mouche. Et j'ose tout.

Toujours concentré, restant là-bas au fond de la ligne de

court, je ressens l'état du cavalier qui tient rênes longues mais domine sa monture. Appui au sol-hanche-épaule-bras-raquette, mes coups prennent leur force dans les racines de la terre et s'envolent dans les airs. Agilité et fermeté. J'enclenche comme je veux. Je reprends point après point. Ma balle atteint systématiquement sa cible. Elle fait ce que je lui dis de faire. Je n'ai plus besoin de forcer ni de chercher à m'appliquer. Les coups sortent tout seuls. J'en suis le premier étonné.

Chaque parcelle de mon corps vibre et je prolonge l'action d'un cri. Non, plutôt d'un grognement surgi du plus profond de moi. Il provient du plus lointain de l'humanité. J'ai encore frappé fort et juste. À la perfection. Je retrouve l'étrangeté première d'un geste animal.

J'ai comblé tout mon retard. Et c'est moi qui sers désormais pour le compte de la partie.

Balle de match.

Trois rebonds au sol avant de servir, une balle lancée bien haut, très au-dessus de moi. Je m'applique avec un long lancer à ce que la balle ne tourne pas sur elle-même. Je veille à ce que sa tangente soit bien au-dessus et en devant de moi, à mon étirement maximal, à me grandir et puis bien rabattre la raquette. Mon service passe au moins vingt centimètres au-dessus du filet mais sans grande puissance. Il n'aurait qu'à s'appuyer dessus pour le renvoyer, n'importe quel débutant y parviendrait.

Il foire et renvoie la balle dans le filet.

Jeu, set et match Fromentin. Mon père exulte.

Je fonce au vestiaire où je lui indique que je veux être seul. Je déborde moi aussi de joie mais je veux m'expliquer ce qui s'est passé. Je m'installe au fond du vestiaire, assis sous la douche, une serviette-éponge sur le visage. J'ai des spasmes de joie qui me font hoqueter. En entrant sur ce court en ce samedi matin de printemps, j'ai cru que mon adversaire, plus fort et plus capé, était meilleur que moi. En claquant des aces, il prenait de plus en plus confiance. Mais son jeu trop précipité a manqué de mesure. Le perfectionnisme académique que je lui renvoyais du haut de mes treize ans l'a énervé, je l'ai bien senti. Plus il s'est mis à servir fort, plus il a été brouillon. Lorsque j'ai enfin pu m'appuyer sur son jeu, j'ai repris la partie à mon compte et encore ralenti le rythme. Le péché d'orgueil est au cœur de notre sport. Vouloir gagner le point pour renverser l'adversaire est l'unique motivation de la plupart des joueurs. Le tennis est un jeu où la force doit l'emporter et qui recommence à chaque nouvel échange.

J'ai toujours la tête cachée sous ma serviette-éponge. Les quelques joueurs qui se changent doivent penser que je suis fou. Ou bien ils savent ce que je vis. Le parfum de la première victoire. Je n'en reviens pas de ma découverte. D'instinct j'ai compris que je ne gagnerais ce match qu'en opérant stratégiquement. En misant sur l'arrogance de mon adversaire à vouloir dominer, je l'ai contraint et poussé à la faute. Je l'ai fait, je l'avoue, avec une telle *maestria*, que le voir s'enferrer, s'énerver, puis perdre ses moyens en jouant haché m'a causé une joie plus intime et profonde que celle d'un point gagnant.

« Alain, Alain, tu es là ? »

Mon père me cherche. Il ne comprend pas que je veuille garder toute cette joie uniquement pour moi. Je lui demande de ne pas entrer et de m'attendre dehors, près du tableau d'affichage. Il a compris au son de ma voix ma détermination.

Lentement, je me passe la serviette sur le visage. Ma tête est chaude comme une bouillotte. Je ne sens plus mes muscles. Ma respiration est encore haletante. Je saisis ma raquette et me cogne le tamis contre le front. Comme une révélation, comme une illumination, je saisis une chose capitale : ma force est dans mon jeu. Ce jeu lent, patient et méthodique est une véritable entreprise de démolition. Je ne possède pas au cœur de ma raquette un pain de dynamite mais, dans le renvoi de chaque balle, si longue et travaillée, un venin que je distille. J'ai fatigué mon adversaire et pu renverser le cours du match. En jouant de l'espace tout en prenant mon temps, j'ai donné à cet orgueilleux à petite moustache une leçon de tennis.

Je sors enfin du vestiaire après m'être passé longtemps le visage sous l'eau d'un robinet qui tire mal. Avant d'apparaître, je m'efforce de rester calme et d'adopter le flegme du garçon normal qui s'est bien amusé.

Aux côtés de mon père, je découvre un homme, pantalon

crème et veste de survêtement miraculeusement bien assortis, qui n'a rien manqué de mon troisième set. Il s'est tenu dans les tribunes et a griffonné, de temps à autre, sur un carnet, quelques notes. Il a applaudi poliment à ma victoire. Pendant que j'étais au vestiaire, il est venu à la rencontre de mon père.

Il me tend une main franche :

« Bravo, jeune homme, vous nous avez donné une belle leçon de tennis. »

Mon père biche.

Il explique en quelques mots que j'ai eu le talent de savoir doser savamment mon énergie. Manifester de l'agressivité pour gagner un point ne suffit pas. Cela vous expose à perdre votre propre contrôle. Ceux qui bondissent sur la balle et contre-attaquent immédiatement en montant au filet jouent à qui perd-gagne. Il se met à détailler deux de mes actions où mes passings ont été imparables.

Mon père ne peut que l'encourager dans sa logorrhée mais il se tait soudain et me regarde droit dans les yeux :

« Vous savez ce que veut dire pour moi "tennisman" ? »

Nous restons muets et suspendus à ses lèvres.

« Pour moi, un tennisman, ça veut dire celui qui SAIT jouer au tennis. Et vous, jeune homme, vous savez jouer. Bienvenue ! »

Il me tend de nouveau une main qu'il serre fortement.

« J'ai vu quand vous étiez "dans la zone". Beau moment, hein ? »

Mon père marque un arrêt. Pierre-Paul, puisqu'il décline à ce moment son identité, lui explique qu'être « dans la zone » caractérise ce moment où tout ce qu'on produit réussit, un au-delà de la force et de la technique, une forme de grâce que connaissent les grands joueurs qui sont aussi, pourquoi pas, de grands mystiques.

Nous sommes impressionnés. Avec ces mots flatteurs, Pierre-Paul vient de rentrer dans notre vie. Entraîneur pour compétiteurs, il était ces derniers temps sur la Côte pour coacher les juniors mais est de retour en région parisienne. Il va travailler pour certains clubs de l'Essonne, « le TCE en fait partie », dit-il en touchant l'écusson de ma veste. Il assure que c'est un bon club. Un très bon club même. En filigrane, j'entends qu'il promet de faire de moi un tennisman, un vrai.

« On pourra se revoir quand vous le voudrez. »

DEUXIÈME PARTIE

1

Mon sac est prêt. Depuis que je joue, je le prépare seul et toujours de la même façon. Mes tenues, mes serviettes, mes bracelets-éponges, mes gourdes faites maison avec une boisson à base de jus de lime, une pincée de sel, du sirop d'érable, le tout à la même place. Y déroger serait blasphémer. La veille, je pose mon sac à gauche de la porte d'entrée. À droite, le sac à raquettes. Selon le tournoi, il prend pour moi l'apparence d'une besace d'électricien partant pour un chantier, d'un peintre en goguette trimballant ses pinceaux, d'un affûteur ayant aiguisé ses épées, d'un tueur à gages en service commandé. Docile, le sac attend son ordre de mission. Une chose fondamentale prouve ma maniaquerie, qui est l'enveloppe des vrais joueurs : mon sac doit peser chaque fois exactement le même poids.

Drôle de tandem, depuis que j'évolue en tournoi interne, interdépartemental ou multichances, Pierre-Paul semble accompagner mon père plus qu'il ne me suit. Présent sur toutes les manifestations, il vient facilement vers nous et prend place dans les gradins. Cela a un effet miraculeusement pacifiant sur mon père, qui se tait. Un temps, il a voulu lutter avec Pierre-Paul sur le terrain des compétences sportives parce qu'il avait remporté un cross en championnat départemental et tâté un peu des agrès mais il a vite compris qu'il n'était pas de taille. Pierre-Paul enseigne le tennis. Il est encore classé 2/6. Il est même, dit-on, monté en première série. Il a été, entend-on ici et là, un vrai espoir du tennis. Il sait tout sur tout, je le sais, je le sens. Je ne l'ai jamais vu avec une raquette à la main, son petit carnet lui suffit. Et son œil, son œil auquel rien n'échappe.

Depuis que je me sais observé par Pierre-Paul, mon attitude aussi a changé. C'est une nouvelle façon de me placer fond de court au service, de tapoter la terre battue, de rester concentré en toutes circonstances, de recevoir loin de la ligne, les mains fermées sur la raquette, d'être courtois et décidé en même temps, de répéter inlassablement les mêmes gestes pour s'essuyer le front et les avant-bras, de boire lentement, de ne lâcher aucun point. Un grand joueur ne conteste pas une décision de l'arbitre ou d'un juge de ligne. Hors de question de s'en prendre au vent ! Encore moins de s'écrouler ou de se mettre à pleurer. J'en viens discrètement à reprendre les mimiques de mes champions préférés. En position d'attente, souffler systématiquement entre les doigts, exactement comme Borg.

Et puis il y a cette façon que j'ai de parler désormais avec Éric. Nous avons mis au point un lexique de confrérie très yankee. On dit *scratch* pour disqualifié, *walk-over* pour forfait, *drive* pour un coup long, *bye* quand on est exempté du premier tour d'un tournoi. On n'est jamais aussi fier que quand on a tenté un *kick* sur un deuxième service. Autour de ces quelques mots s'organisent entre nous des discussions sans fin. Avant les tournois, on élabore des stratégies. Éric s'anime plus pour me faire plaisir que par véritable intérêt. Son grand corps se déploie sous mes yeux. Il me parle. Il semble convaincu. Oui, il viendra au tournoi samedi, mais il s'arrête d'un coup et me lance que les combinaisons et la technique, ça ne sert à rien. Il n'a plus envie de parler. Nos messes basses loin des regards indiscrets sur les courts les plus éloignés du central sont ridicules. Si on jouait, un point c'est tout ?

Éric évolue, gracile, dans la zone de tolérance et joue comme d'habitude avec les lignes. Il passe toujours entre les gouttes. Pour justifier d'une absence, il faut avancer une excuse majeure avec un certificat de médecin. Cela ne pose aucun souci à Éric, qui s'est déjà trouvé une hernie discale et a enterré cette année coup sur coup ses deux grand-mères. Je me demande qui il va tuer l'année prochaine. Mais, pas complètement fou, ne voulant pas engranger les fiches pénalités ou se trouver rétrogradé d'un échelon pour trop de forfaits, ni trop s'attirer mauvaise presse dans notre petit milieu dont il est l'un des chouchous, Éric reste présent. Dans le coup.

Moi je joue chaque rencontre comme si ma vie en dépendait. Je me sens pousser les ailes de l'ambition. Je pense que je pourrai atteindre la première série un jour. Un jour, je serai même appelé en sélection pour la Coupe Davis. Mon plan de bataille est clair. Je veux un rang mondial !

Avant je rêvais trop petit, en jouant face au mur, en gardant les yeux rivés au plafond. Maintenant je vais tout faire pour gagner. Je voudrais qu'un jour la vie et le tennis soient si intimement mêlés qu'ils finiraient par se confondre. Je m'en fais la promesse solennelle : je veux devenir un vrai champion, moi !

La veille des tournois, Pierre-Paul, qui est à l'aise partout où l'on parle tennis, passe nous voir au club. Il applique comme ça, sans en avoir l'air, une méthode douce et persuasive dans laquelle je me coule docilement. Il y a une école Pierre-Paul, celle qui met en exergue le travail et la concentration, et même le labeur et la peine. En revanche, on doit contrôler ses émotions. Même en cas de victoire impossible, même sur un coup génial, je dois me retenir d'exulter de joie. Ce n'est pas correct pour l'adversaire et pas digne du tennis.

Pour Éric, le calme de Pierre-Paul et le petit carnet dans lequel il griffonne ses traits kabbalistiques sont au contraire des signes oppressants.

« Tiens, regarde qui vient d'arriver. Il est là, le “fouineur”. »

De semaine en semaine, la présence de Pierre-Paul se fait

plus constante. Je ne sais pas quel accord il a avec notre club mais il est désormais chez nous comme chez lui. Le fouineur fouine et Éric fulmine :

« La Fouine est là, je me casse... »

Il mime une douleur à la cuisse, se rend vers les chaises en plastique où gisent nos affaires, me fait comprendre qu'il abandonne pour ce soir en plaquant une serviette-éponge sur son visage.

« Jeune homme, vous n'abandonnez pas déjà ? »

Sans demander la permission, Pierre-Paul s'invite sur notre court et me fait signe d'approcher. Éric range ses affaires, la tête baissée, mais Pierre-Paul s'adresse à nous deux avec une forte voix où je perçois pour la première fois un accent du Sud.

Ce qui différencie le joueur amateur du joueur professionnel, explique-t-il en substance tout en posant méticuleusement son petit carnet sur la chaise en plastique, outre la différence de niveau qui s'impose de manière flagrante, c'est tout un ensemble de transformations qui s'opèrent au sein du joueur qui font qu'il est prêt à se reconfigurer pour chaque nouvel échange.

« Il faut pouvoir tout oublier et tout recommencer. La gagne, elle est en dedans », lance-t-il soudain comme un défi à Éric.

Mèche de ferraille qui chercherait à rentrer dans un crâne, il vient ostensiblement de placer le bout de son index sur le front de mon ami.

« La victoire est un fauve qui se dompte, messieurs », ajoute-t-il avec une moue éloquente, cherchant à donner à sa sentence un caractère censé nous impressionner.

Éric se gausse de ces discours. « La Fouine, c'est un frustré. Le seul truc qu'il sait manier, c'est son carnet », jugera-t-il plus tard. Mais moi, sans que je l'avoue, les paroles de Pierre-Paul alimentent mon usine à rêves.

Et le fait est que je joue mieux et que je progresse encore. Je remporte consécutivement deux tournois interdépartementaux juniors et rapporte mes premières coupes à la maison. Je ressens une immense sensation de fierté en montant sur un modeste podium un peu bancal un dimanche en fin d'après-midi. J'ai revêtu ma veste de survêtement en acrylique et repositionné mon bandeau sur mes cheveux. Le ciel est chargé de nuages, les participants se dépêchent de quitter le terrain sans attendre la remise des titres et sans passer par le vestiaire. On s'engouffre dans les voitures aux premières gouttes. Je trône sur mon podium, stoïque. Sous mes pieds la banderole de parrainage à l'effigie du conseil général s'est décrochée et on ne la redressera pas. On me met une médaille autour du cou et on me tend une coupe. Mon père virevolte, appareil photo à la main, pour me mitrailler. Il a enclenché le flash.

2

Chaque week-end est désormais consacré à la recherche du bon tournoi. C'est Pierre-Paul qui nous l'indique à l'avance et qui m'inscrit d'office. Quand j'arrive sur place avec mon père, on nous reconnaît, on est salués. Ça y est, je fais partie de la famille tennis et je décèle même dans le regard de quelques nouveaux joueurs une pointe d'admiration. Cette année, j'ai poussé et pris presque huit centimètres. Il a fallu renouveler l'ensemble de mes tenues que j'ai choisies moi-même. Nouveau jeu de raquettes aussi. Du graphite, le top. Ma technique de jeu s'est affinée. J'ai une gestuelle mieux découplée, le souci de la précision, mon corps est devenu un instrument et un outil que j'utilise tous les jours. Autant d'exercices et de gestes adaptatifs pour rendre la chair intelligente. Quatre entraînements par semaine plus les tournois, il n'y a plus que le tennis. En moins d'une saison, je passe de 30 à 15/2.

Mes résultats à l'école sont très moyens mais je donne encore le change. Je jure, je promets. Il y a toujours ce contrat avec mes parents : l'école d'abord, le tennis après. Il faut que mes devoirs soient faits, que mes résultats soient convenables. Je louvoie, je trouve mille ruses. Je passe entre les gouttes. Mes notes rasent le filet. Depuis qu'on m'a parlé de l'existence d'un centre de formation réservé aux jeunes joueurs de tennis à Poitiers, je ne pense plus qu'à cela. C'est la voie royale pour passer pro, paraît-il. J'en parle à Pierre-Paul. Il élude. D'abord et avant tout l'école, me dit-il. Je suis déçu. Je n'aurais pas cru qu'il parlerait la même langue que mes parents.

Moi, pro, je m'y vois carrément. Vivre dans une bulle, dans un hors-monde. Je m'imagine revêtir une sorte de casque invisible dont je ne relèverai la visière que de temps en temps. Le reste, l'extérieur, ne viendra à moi que de manière parcellaire et segmentée, étouffée. Il n'y a que le tennis qui m'importe. Ceux qui ne jouent pas n'existent pas. Simple question de système, ils ne sont pas dans mon univers. Comme tout pro, je serai semblable à un patient victime d'acouphènes. Je n'entendrai rien, je ne verrai rien d'autre que le jeu. Je ne vivrai que pour le jeu et rien d'autre. Ni la gloire, ni les gens ne me toucheront. Je prendrai des avions, je participerai aux grands tournois, je posséderai une licence internationale, ma silhouette sera reconnue sur les tournois du Grand Chelem à Osaka pour la Mayor's Cup, à Key Biscayne pour l'Orange Bowl.

« Mais qu'est-ce qu'il faut faire en vrai pour devenir pro ? »

La question me brûle tellement les lèvres que je la lance un vendredi soir à la veille d'un tournoi à Pierre-Paul, alors que je viens de venir à bout d'une grosse séance d'entraînement.

J'ai passé cette séance à répéter en boucle : service, coup droit, revers, volée, smash et retour pendant que Pierre-Paul griffonnait dans son petit carnet d'un air très sérieux. Après j'ai dû reprendre avec une variante en situation : premier jeu servi dans le coup droit de l'adversaire, deuxième jeu dans le revers, troisième service-volée, quatrième libre. Et ainsi de suite.

« Exactement ce que tu fais là, Alain », me répond-il autant pour me rassurer que pour m'encourager.

Sa méthode est-elle la bonne ? Quel est le secret de la réussite ? Je sais ce qu'il va me dire si je continue de l'interroger : « Alain, il ne faut pas brûler les étapes. »

J'ai beau me persuader que Pierre-Paul met au point des entraînements spécifiques pour moi, je commence à me demander s'il ne se contente pas de reproduire des enchaînements banals tirés de vieux bouquins de l'Insep. Cette théorie vient d'Éric qui s'éloigne au maximum dès que Pierre-Paul approche. Mais puisqu'il me faut un partenaire, un partenaire de taille encore pour jouer, Éric consent à rester. Je sens que cela lui coûte. Je sais qu'il le fait pour moi.

« Enlève-lui ses bouquins, son carnet et son air de gourou en toc et tu verras qu'il ne lui reste rien, à ton Pierre-Paul. C'est de la fouine, c'est tout. »

Éric exagère. Pierre-Paul nous enseigne les bases tactiques sans lesquelles un joueur n'est rien. Sur son petit carnet, il redécoupe sempiternellement le carré du court. Entre jeu de go et bataille navale, tout devient affaire de lignes directrices, de positions justes, de tracés opportuns, de calculs et de probabilités. La science algébrique doit aussi, selon lui, se porter à notre secours pour nous permettre de gagner. Sa grande idée est que, par nature, si les coups du tennis sont limités, leur variété et les effets donnés sont eux infinis. Un beau lift, balle à la fois haute et bombée qui se fait longue et gênante pour l'adversaire, d'une certaine manière, agrandit le terrain et allonge le temps. De bien grands mots pour souvent de petits effets.

Un jour, Pierre-Paul arrive au club accompagné d'un homme. Grand, une prestance dans la manière de se tenir, une recherche d'élégance pas très bien définie car marquée par la fatigue des traits et la souplesse de vêtements sans plis. Ils arborent le même pantalon crème porté haut à la taille et un polo de marque surpiqué. Manches courtes pour Pierre-Paul, manches longues pour l'autre.

Pierre-Paul nous présente comme de « bonnes pousses » passionnées de tennis. Je sens déjà qu'Éric est irrité. Le type se présente à son tour en venant nous serrer la main. Il veut qu'on l'appelle Monsieur Charly. Il travaille pour la fédération. Il est DTN, ça veut dire directeur technique national. Le président Kergall est venu nous rejoindre. Il a enfilé à la va-vite une veste qui le boudine. Le trio s'écarte et tient un court conciliabule.

Rapidement, ils reviennent à nous. Ce qu'on doit faire

est simple. Ils n'ont pas de consignes particulières. On n'a qu'à jouer.

« Tiens, Alain, c'est toi qui serviras », décrète Pierre-Paul en me tendant deux balles neuves.

Pendant une heure, nous évoluons sous leurs yeux.

Hyperconcentré, j'ai compris qu'une chance m'est donnée aujourd'hui de briller. Sur chaque échange, appliqué, je donne le meilleur de moi-même. Je me sens en forme et pas intimidé. Mes tendons sont souples et, malgré mes attaches fines, mon corps répond bien. Sur certains coups, j'arrive à exploser. Je ne suis pas mécontent de moi. Mes poignets ne sont pas plus gros qu'un rond de serviette en bois et pourtant ils peuvent actionner habilement le manche d'une raquette. Sur nos temps de récupération et d'échanges de côté, je tente de savoir comment réagit le dénommé Charly à mon jeu. À son tour, il a sorti son petit carnet sur lequel il fixe quelques notes.

Mais sur le court, j'ai l'impression que le type de la fédé n'a en réalité d'yeux que pour Éric. Pubère, grand, costaud, jovial et indifférent à tout, Éric ne joue au tennis que parce que ça le fait marrer. Cette impertinence revendiquée intrigue le DTN alors qu'elle exaspère Pierre-Paul qui, à plusieurs moments, somme Éric de se concentrer et de « bien jouer ».

Éric n'en a cure. Il est sur le court comme dans son jardin. Attaquant de fond de court, il trouve des angles incroyables. Sans rien annoncer de ses intentions, il se métamorphose d'un coup et devient un volleyeur qui slice, puis reprend sa place derrière la ligne pendant plusieurs échanges.

Alors que je reste l'œil aiguisé, vigilant sur chaque balle, le regard d'Éric n'est pas tout à fait là. Il est comme en dedans de lui. Toujours il affiche un petit rictus ironique qui agace et le ferait passer pour prétentieux. Pour un peu, Pierre-Paul aurait honte de l'avoir choisi pour me donner la réplique. Ai-je dit qu'il était gaucher ? Sur un coup, un chopé de toute beauté, Éric peut laisser n'importe quel joueur sans ressource et moucher une tête de série. Après, il peut foirer plusieurs balles faciles d'affilée. Ça ne l'intéresse plus.

3

À partir de ce jour, entre Pierre-Paul et Éric, c'est devenu une terrible lutte d'ego. Sans le comprendre et à mon insu, je deviens le jouet de leur sourde bataille. Pierre-Paul, qui n'est pas idiot, a évidemment vu que Monsieur Charly était séduit par Éric et qu'il m'avait, moi, vite jugé. Il n'en a rien dit et m'a fait un retour élogieux.

« Vraiment le DTN a dit que tu avais un beau jeu. »

Il sort son petit carnet pour me révéler quelques notes qu'il a prises à partir des remarques de Monsieur Charly :

« Bon, tu n'as que treize ans, Alain. Tu n'es pas encore complètement formé, tu es plus petit que la moyenne et ta coordination laisse encore à désirer. »

J'encaisse le coup. Pierre-Paul a commencé sa phrase sur un ton placide pour faire passer la pilule. Il essaie de mettre plus d'enthousiasme sur ce qu'il veut me communiquer maintenant :

« Il a noté que tu avais le "sens du jeu". Très compartimenté mais efficace. Prometteur. Il a dit “prometteur”, Alain ! Mais il y a du travail, tu le sais...

— Et pour moi ? » demande Éric tout en contournant Pierre-Paul pour lire par-dessus son épaule les notes de son carnet.

L’entraîneur referme son livre sur-le-champ et assène sévèrement :

« Le brio, ça ne suffit pas. C’est pas parce qu’on joue 15 qu’on est arrivé. Tout reste à faire pour toi. »

Pierre-Paul, comme de coutume, fonde le gros de son commerce et sa pédagogie sur le travail, notion à laquelle Éric est complètement réfractaire. Durant les semaines qui suivent, je le vois s’égosiller sur le court et même perdre son calme. Plus il en demande à Éric et moins ce dernier en fait. Il en boufferait son petit carnet de voir cette grande tige de quatorze ans déjà forte comme un homme le regarder avec des yeux ronds.

Un mercredi, Éric arrive à l’échauffement avec une grosse demi-heure de retard. Il est coutumier du fait et invente comme à son habitude une excuse toute trouvée. Je suis déjà en train de travailler des séries. Pierre-Paul lui balance :

« Éric, tu vas au fond et tu me fais vingt minutes de mur. Coup droit, revers.

— C’est ça, bien sûr », répond Éric en injectant un soupçon d’ironie dans sa phrase, comme une petite amortie de fin d’échange.

Et, au lieu de partir vers le mur, il traverse le terrain, puis part se positionner en face de moi le plus tranquillement du monde avant de commencer à échauffer ses chevilles, poignets, coudes, épaules.

Pierre-Paul est sur la chaise haute d'arbitre, son éternel carnet à la main. Une abeille est-elle venue le déranger ? Il remue et s'agite en tous sens. Sa chaise tangue dangereusement. Il en rétablit l'équilibre en descendant.

Je vois soudain le carnet de Pierre-Paul, projeté à toute force, décrire une ellipse dans le ciel et venir s'échouer dans le filet. Rouge de colère, doigt accusateur en l'air, Pierre-Paul invective Éric en postillonnant :

« Petit puceau, p'tit con, tu vas voir. »

De l'autre côté du terrain, Éric n'a pas cillé. Il poursuit son échauffement musculaire avec sa raquette à la main. Il joue à la faire tourner rapidement dans sa main comme une canne ou un gourdin.

Pierre-Paul s'avance vers le filet et continue de proférer des insultes qui, poussées à fond sous le dôme du court couvert, résonnent terriblement :

« Sale merde, dégage d'ici. Viré. T'es viré. Je vais t'apprendre, moi ! »

Je n'ose pas intervenir, j'ai peur. Ça pourrait mal tourner si les parents d'Éric apprenaient le comportement de Pierre-Paul ou que Kergall entendait. Seulement, les parents d'Éric, Dieu sait où ils sont. Et on n'a pas vu Kergall de la journée. Ne sachant que faire, je monte au filet et me baisse pour récupérer le carnet de Pierre-Paul dont certaines feuilles se sont détachées. Quand je me relève je constate qu'Éric n'est plus là. Dès que Pierre-Paul a voulu passer de l'autre côté pour le coincer, il a détalé à la vitesse d'un lapin. Vite essoufflé après quelques foulées, Pierre-Paul fait machine arrière et retourne sur le carré de jeu, bredouille. Sa veine jugulaire palpite dans son cou.

Amer et déçu mais doté d'un nouveau carnet, Pierre-Paul revient vers moi dès le lendemain. Avant de commencer l'entraînement, il m'engage à le suivre dans un coin, le même endroit où quelques jours plus tôt il se trouvait en plein conciliabule avec Kergall et le DTN.

« Alain, est-ce que oui ou non tu veux être un champion ? me demande-t-il très sérieusement comme si de ma réponse dépendait notre vie à tous les deux.

— Oui, je crois.

— Il ne faut pas croire, me reprend-il. Il faut être sûr et s'en donner les moyens. Alors ?

— Oui », dis-je encore un peu trop timidement.

Il me le fait encore répéter plusieurs fois à voix haute.

Pierre-Paul sait que je m'adapte facilement à son enseignement. Que je suis une terre un peu molle qu'il peut malaxer avec aisance avant de la porter à la cuisson. Peut-être qu'il fera quelque chose de moi. Sur mes prédispositions, ce fameux don, il ne dit plus rien. Plus un mot ! Mais sur tout ce qu'il faudra encore apprendre à force de répétitions et d'enchaînements, de mouvements et de pratiques jusqu'à plus soif, il est formel.

« Si tu veux devenir un jour un pro, il y a du boulot. On est encore très loin du compte.

— Et Éric ? »

Ma question le prend de court. Il ne veut pas laisser paraître sa colère encore vive devant moi et s'efforce de se contenir :

« Éric n'est pas sans talent. On peut même dire qu'il en a. Mais il n'a pas d'étoffe. Sans travail, il n'ira nulle part. Tu verras, ça ne donnera rien. Mais toi, Alain, toi... »

4

Lundi et jeudi, je suis placé dans les mains de Pierre-Paul pour l'entraînement spécifique. Comme sur une scène de théâtre, Éric réapparaît les autres jours afin de continuer de pratiquer avec moi. En aucun cas les deux ne doivent se rencontrer.

En m'affirmant qu'on allait passer aux choses sérieuses, je pensais que Pierre-Paul allait me livrer toute la science du tennis, bottes secrètes et coups qui tuent. Mais rien de tout ça ne vient. Je découvre un homme qui sait quoi dire, quoi faire, comment agir en toutes circonstances avec une sorte de flegme qui cache une ferme autorité. Mais je sais aussi quand il s'énerve. Je l'ai vu ! Je me prends à toujours vouloir bien faire pour que n'explose plus cette colère.

Chaque fois, je me place sur le court exactement là où il me l'indique et j'applique du mieux que je peux ses consignes. J'ai peur de rater, de mal faire. Je ne veux pas le décevoir. Aussi, quand je rate un coup, au lieu d'exprimer ma déception par une grimace ou un lâcher de raquette comme l'aurait fait Éric, je reste stoïque et consacre toute mon attention au point suivant.

« C'est bien ça, Alain, concentré. »

Le club s'est doté d'une machine lance-balles que Pierre-Paul actionne avec une télécommande à fil. Il s'emmêle parfois les pinceaux dans le réglage de la puissance et de la fréquence de la machine. Les balles jaunes fusent sur tout le terrain. Après, il faut aller les ramasser. « Sache que ça fait partie de l'entraînement, Alain. »

Chaque jour, ses attentes montent d'un cran. On ne peut pas dire que Pierre-Paul me contraigne ni ne veuille me conditionner pour la victoire mais implicitement il me fait comprendre qu'il serait déçu si je trahissais sa confiance.

Notre stratégie est maintenant de sortir du département pour me présenter dans quelques tournois plus prestigieux de province. Je m'imagine en route vers la gloire en contemplant les lignes de platanes qui bordent les routes nationales, assis seul sur la banquette arrière, comme un homme important, alors que mon père et Pierre-Paul devisent à l'avant.

Dès les premiers tournois en province mon jeu se libère. Je suis débarrassé du fardeau de mon père qui ne fait plus son numéro dans les tribunes. Je suis régulier. Je possède la vraie force de ceux qui voient le jeu. J'emporte quelques victoires. Je reviens à la maison avec des trophées en résine, en céramique ou en plaqué doré, petits joueurs montés sur socle aux bras tendus vers le ciel, petits saladiers, médailles en tous genres. Beau joueur, mon père concède qu'avec Pierre-Paul, j'avance bien. Ma mère accueille ma moisson avec joie quand je les lui offre avec enthousiasme. De son côté, Gaël s'en empare et les triture comme de simples jouets. Il risque de me les abîmer. Je pique une crise. Nous aménageons dans le salon une étagère en guise de petit autel dont je prends soin et qui fait la fierté de tous.

Pierre-Paul est devenu un ami et un intime de la famille. Quand il vient dîner à la maison, je dois quitter la table en fin de repas pour que les grands parlent. Je me retire dans ma chambre et je prends une revue sur le tennis. Puis je me relève, j'essaie d'écouter ce qu'ils se disent. Je n'entends pas très bien mais je suis certain que j'ai entendu Pierre-Paul parler de « disposition pour le tennis ». En m'accrochant à ces mots-là, je n'écoute pas le reste de la discussion pendant un bon moment et mon regard rebondit sur les images de mes champions favoris punaisés au mur.

Ce qui est en discussion dans le salon, c'est la question de la filière sport-études. Je tends de nouveau l'oreille. Je sais que Pierre-Paul est mon allié et qu'il est partant pour que je tente l'aventure. Il me voit un beau potentiel. En tendant l'oreille derrière la porte, j'ai l'impression que mes parents renâclent et avancent, pour la forme, des arguments contradictoires. « Oui mais il est un peu jeune » ; « Oui mais l'éloignement » ; « Oui mais le bac, l'avenir... ». C'est surtout ma mère qui apporte la critique. Ce n'est pas l'activité du tennis qu'elle remet en cause mais cette passion qui m'a saisi très tôt et qui, selon elle, gâche le reste et me prive de mon enfance. Mon père trouve, lui, que tout a quand même du bon pour moi.

Je suis refroidi en m'apercevant qu'ils s'accordent à dire que ce n'est de toute façon pas pour tout de suite. Ni pour cette année, ni pour l'année prochaine. Encore après, peut-être... J'ai envie de sortir de mon coin, de jaillir de derrière la porte et de leur hurler dessus.

Ils ne voient rien ou quoi ? TENNISMAN !

Pour la première fois, dans un tournoi, je joue un garçon mieux classé que moi, Pierre-Paul montre de l'irritation. « Trop lent », me fait-il comprendre avec des gestes saccadés. « Accélère ! » Je ne sais pas si c'est vraiment à moi qu'il s'en prend ou à lui-même. Je perds le match, dépité.

Le tennis vient d'entrer dans une nouvelle ère dite « moderne » et sous ce qualificatif on peut entendre beaucoup de choses. Je ne suis qu'un très jeune joueur mais je perçois que les comportements en même temps que le jeu évoluent. Les règles demeurent les mêmes, comme si elles devaient être immuables, mais tout autour d'elles change. Pierre-Paul ne veut pas le laisser paraître mais on dirait que certaines choses lui échappent aussi. Je le vois de moins en moins ouvrir son carnet et davantage s'agiter nerveusement face aux joueurs de plus en plus nombreux qui jouent en force.

Un week-end, lors d'un tournoi dans le Sud, tandis que

je me change dans les vestiaires, quelques mots viennent à moi. J'entends parler de « marcher sur l'adversaire » puis de l'« exécuter ». Assis à l'écart, je découvre au bout du vestiaire un enfant de mon âge qui retient ses pleurs. Je m'approche mais n'ose lui parler. Ses genoux sont sagement alignés et sa raquette, en équilibre, droite à côté de lui, pointe vers le ciel comme un fusil. J'ai à peine le temps de m'éclipser qu'un homme furibond, tout en os massifs et muscles bandés, sort vivement des toilettes en remontant sa braguette. Il gueule de toutes ses forces sur l'enfant :

« Tu vas me l'exploser ce connard, t'as compris ! »

L'enfant, terrorisé, répond par un hochement de tête.

Ce que j'avais vécu en championnat départemental ou interclubs n'est rien comparé à cet autre visage du monde de la compétition. Pour gagner, il faut tuer. Un vainqueur et un vaincu, c'est là la seule règle. Et celle-là, on ne peut la changer. M'apparaît vers quatorze ans dans toute sa cruauté la loi du sport qui est celle d'une lutte à mort. Le tennis, une « boxe mentale », un combat où tous les coups sont permis.

À la même période, les médias entrent dans la partie et s'intéressent de plus en plus au tennis. Les sponsors également. Mon sport favori est partout : sur les affiches, dans les vitrines, sur les écrans de télévision. Idéal tennis qui incarne d'un côté les valeurs rassurantes d'un monde poli et civilisé, un sport de gentlemen tout de blanc vêtus qui ne doivent ni ne savent élever la voix ; de l'autre on dévoile une pratique excitante, grondante, qui cherche à devenir spectacle et qu'on pousse dans ce sens. Nous, les jeunes, sommes les porte-drapeaux de ce nouveau tennis.

Même moi, si raisonnable avec mon fond de jeu d'attente, de renvoi, de défense et d'usure de l'adversaire, je ne peux m'empêcher de me rêver en offensif trouble-fête. Le simple fait de soulever dans un magasin la Wilson T2000 de Connors me fait entrer dans la peau d'un guerrier. J'accompagne le premier coup d'un grognement rauque et grégaire qui fait comme un grand « Ahann ».

Ce n'est pas l'homme qui fait l'objet mais l'objet qui fait l'homme. La publicité a tout compris puisqu'elle sait tout vendre. Connors, le bûcheron des courts, tient sa T2000 non comme une lance mais comme une hache, et McEnroe, le prodige ailé, est chaussé de ses Supreme Court de chez Nike, équipementier qui l'a mis sous contrat dès son plus jeune âge. Sur d'immenses panneaux publicitaires, l'elfe McEnroe arbore ses chaussures de tennis et pose avec une nonchalance d'enfant terrible dans une avenue de New York, sa ville natale, dont il devient le chouchou et l'égérie. Le slogan de Nike affiche clairement la couleur. Il est écrit en gros caractères : WE CHANGE THE RULES.

Je ne quitte plus mes vestes de survêtement satin, y compris et surtout quand je me rends au collège, pour qu'on sache que je suis un joueur. Je trouve quelques camarades férus de l'actualité tennistique qui se passionnent pour cette nouvelle mythologie. On répertorie les paires de joueurs ennemis dont on suit les duels et dont on attend, à coups de matchs revanches, un nouveau soubresaut pour maintenir le drame avec de spectaculaires revirements de situations, comme dans les romans-feuilletons. Au club, entre Pierre-Paul et Kergall, on reste très observant du vieux code sportif. Mais il paraît que dans d'autres clubs semblables à des académies militaires l'enseignement est complètement autre et férocement moderne. Et qu'il y pousse les champions de demain.

Éric vient de moins en moins. Deux semaines entières que je ne l'ai pas vu. Il dit qu'il est malade. Un soir, je l'appelle chez lui et le téléphone sonne longuement avant qu'il ne réponde.

« Tu ne viens plus au TCE ?

— Non.

— Tu ne veux plus jouer ?

— C'est pas tout à fait ça.

— Quoi alors ? À cause de la Fouine ?

— Je vais tenter autre chose. Mais t'inquiète, on jouera toujours ensemble. »

Et il raccroche, sans me dire quand, où, comment ou pourquoi. Cet échange-là, si bref comparé à nos longues phrases sur le court, me laisse un parfum amer. Il n'y a pas au club d'aussi bons joueurs qu'Éric dans notre catégorie. Je me sens seul et incompris. Pourquoi se fait-on autant de mal pour rien ?

Ce soir, mon sac sur l'épaule, je rentre après l'entraînement en traînant des pieds. Pierre-Paul ne m'a fait aucune remarque aujourd'hui, et aucun compliment, cela va sans dire. Il m'a juste tendu ma convocation pour le prochain tournoi en me demandant de ne pas la perdre et de vérifier la tension de mon cordage. Je ressens une grande fatigue m'envahir et ma gorge se serrer. Pour la première fois, j'ai envie de tout laisser ici en plan – mon sac, mes raquettes et mes bandeaux pour les cheveux dont l'élastique ne tient plus – et de fuir loin de cette petite banlieue où il ne se passe rien, où il ne pousse pas de champions. Marcher tout droit sans m'arrêter et devenir quelqu'un.

5

Le week-end suivant, je produis un jeu assez médiocre. Pierre-Paul a dû deviner que je gambergeais, donc il me fout la paix. Au bénéfice d'un forfait et d'une victoire facile sur un adversaire trop irrégulier, j'arrive en finale. Et, contre toute attente, je gagne. Je ne sais pas pourquoi mais quand je monte sur le podium je suis sans joie et sans envie. Du tennis, je goûte l'abandon dans le travail et la répétition du mouvement plus que la victoire. Depuis qu'Éric ne vient plus, je m'inflige de longues séances contre le mur. En se répétant mon geste se clarifie.

Pierre-Paul voit bien que je me renferme sur moi-même. Il est venu en parler à la maison. « Il va entrer dans sa crise d'ado », prévient-il. Dans le monde du sport, c'est le moment critique. Ça passe ou ça casse. Les parents l'écoutent religieusement, même si je sais que pour ma mère, depuis que j'ai commencé la compétition, « tout ce tennis, c'est trop ». Elle se méfie de Pierre-Paul. Un type qui ne parle jamais d'argent et qui suit les gamins tous les week-ends en compétition, c'est un peu louche, non ? Mon père prend immédiatement la défense de mon entraîneur. Pierre-Paul fait partie du « sérail », comme il dit. Il est connu de tous.

« Pourquoi veux-tu jouer demain ? » me questionne Pierre-Paul une veille de match.

Gagner est la seule finalité qui vaille, je le sais pertinemment, mais j'aime que le jeu soit une activité libre et sans finalité. Je trouve à répondre simplement :

« Parce que j'aime ça. »

Il me renvoie un sourire entendu. J'ai marqué un point. Quand je reprends le jeu au club avec lui, je vois, même s'il n'en montre rien, qu'il apprécie que je m'accomplisse dans ces exercices éreintants, ceux que les autres abhorrent et qui moi me ravissent – renvoi de la balle dans le carré, sur la ligne, dans le carré. Pourtant, je vois aussi que plus j'avance, plus le chemin qui mène à la victoire est ardu. Je commence à rencontrer des garçons très agressifs. Ils sont comme Éric, plus grands et plus baraqués que moi. À quatorze ans, les hormones poussent dans tous les sens. Quand j'allonge le jeu, l'adversaire veut accélérer le sien. Je sens que même du côté du public, plutôt rare et familial sur nos tournois, on supporte de moins en moins l'attente. On aime moins le jeu, on veut vibrer, communier avec le joueur, surtout quand il prend des risques comme au poker ou qu'il tape dur.

Tout va de plus en plus vite. Les serveurs-cogneurs commencent à sévir et à s'imposer. Matchs expédiés en moins de trente minutes. Les puristes comme moi se prennent des raclées. Au service, ça balance de plus en plus fort. Comment expédier son adversaire ? C'est devenu la seule et unique question. Nier l'adversaire en ne le laissant plus respirer. L'asphyxier. Le priver du temps de l'échange.

Je résiste comme je peux. Je trouve des réponses techniques à des charges brutales qui ne sont fondées que sur la force. Ça passe encore. Mais jusqu'à quand ? Je n'ai commencé véritablement le tennis que depuis quelques petites années et peut-être qu'il est déjà trop tard pour moi pour me hisser un jour au rang de champion. J'ai l'impression que je suis le dernier survivant d'une guilde de chevaliers qui acceptent de jouer jusqu'à la nuit et de communier par le tennis.

J'ai lu dans *Tennis Magazine* que Rosco Tanner, géant roux aux jambes plantées dans le sol comme deux troncs d'arbre, a servi au tournoi de Palm Springs une première balle chronométrée à deux cent quarante-six kilomètres-heure. La frappe a été si puissante que le filet s'est cassé net. Je ne peux pas jouer comme eux. Dans la tête de certains, jouer est une guerre. Pour chaque attaque une riposte, pour chaque match gagné, sur la carlingue de ton avion, une croix. Pour bien faire la guerre, il vaut mieux être un peu idiot. Toujours. Et ne pas trop penser.

Au moment des temps de récupération ou des changements de terrain, je pense que le plus grand ennemi du tennisman, c'est lui-même. Il ne faut pas céder un pouce à ses démons intérieurs. Toute réflexion peut s'avérer fatale. Ce qu'on arrive à faire, pourquoi n'arrive-t-on plus à le faire ? Dès l'entame du nouveau jeu, on peut tout perdre et plonger dans la spirale du doute qui conduit à la défaite. Combien de joueurs ai-je vus désemparés, noyés, ombres errantes sur le court, soudain seuls, si seuls, convoquant les yeux au ciel un responsable, Dieu ; tapant frénétiquement du pied à terre pour faire taire le diable.

Sur mon dernier match, j'ai réussi à garder la tête froide et ne me suis préoccupé que de mon jeu. Je l'ai emporté parce que je ne me suis pas énervé. Pourtant je suis si tempétueux à l'intérieur. En moi un fleuve de lave bout que personne ne voit.

« Beau match, me signifie Pierre-Paul, levant un pouce en l'air par-dessus son petit carnet. Tu as joué avec ta tête. »

Par rapport aux grands, aux géants du tennis, j'y vois de plus en plus clair. J'ai mis de l'ordre dans mes préférences. J'aime le génie de McEnroe, la rage de Connors mais rien ne vaut pour moi Borg et son sens incroyable du placement. Même s'il a pris sa retraite, il est et restera le maître. Le regarder se concentrer entre chaque échange, c'est comprendre qu'à chaque balle, chaque renvoi, chaque échange et chaque point, la partie entière se joue. Il ne peut y avoir de coups du sort au tennis mais une suite arithmétique qui forge la victoire. Je suis de cette école-là. Un rationnel qui croit à la beauté du jeu. Rien de plus éclatant que son revers à deux mains. Cette prise passe encore aux yeux des professeurs de tennis pour un geste irrecevable, presque une malfaçon, mais Borg lui donne un puissant effet de lift si particulier, auquel il ajoute un point de pression qu'il tient de son sport d'origine, le hockey, où on saisit la crosse à deux mains pour frapper le palet, qu'il le transforme en un coup gracieux et parfait. Grâce à l'arrivée du magnétoscope, j'ai pu enregistrer quelques matchs que je me repasse en boucle. Je dissèque les gestes des joueurs.

À n'avoir de cesse que d'observer et de comparer, j'en viens à la conclusion qu'Ivan Lendl s'impose depuis Borg comme le plus grand. Ce choix qui m'est propre n'est pas très populaire. Quand j'en parle au club, on fait la moue ; au collège on ne comprend pas ce que je dis. Personne n'aime Ivan Lendl ! Mais je suis content de mon choix et du petit effet scandaleux qu'il produit. Je veux me distinguer des autres en revendiquant un goût qui n'est pas celui du commun.

« Tu ne vois pas où est le génie de Lendl ? Sa force, c'est qu'il endort l'adversaire.

— Le problème, c'est qu'il m'endort moi aussi quand je le regarde jouer », rétorque sarcastiquement Éric, qui a soudain réapparu et qui s'entraîne depuis un mois d'arrache-pied.

Il a profité que Pierre-Paul était en vacances pour venir au TCE.

« Non mais tu vois, Lendl...

— Laisse tomber avec ton “Ivan le Terrible”. »

Éric a tort, j'aimerais lui expliquer qu'il faut être un des grands dieux du tennis pour chercher si patiemment à faire rompre l'adversaire, à le pousser à la faute ou à le déborder quand on veut. Pour moi, Lendl a compris que l'essence de notre sport réside dans la prolongation de l'échange et non dans sa rupture. Ses points sont construits comme des édifices. À partir d'un même gabarit, qu'il soit au service ou à la réception, il développe, à la manière d'un pianiste, une fugue toujours structurellement similaire mais systématiquement variante dans son *modus operandi*. Chaque fois il trouve la bonne résolution. Sur les points gagnants, il frise la perfection. Ce jeu aussi beau à entendre qu'à voir. Mais les mots me manquent pour traduire tout ça. Au mieux, ce que je peux faire, c'est d'aller jouer contre le mur, de même qu'on se présente devant un tableau noir, pour essayer de copier sa formule.

6

Colère. Cette fois j'ai perdu bêtement. Et dès le premier jour du tournoi, j'ai dû refaire mon sac. Pas eu le temps de changer de raquettes, ni de talquer mon grip, à peine d'enfiler une deuxième paire de chaussettes. Un type m'a expédié en deux sets avec son jeu service-volée de bourrin. Ce sport est dégueulasse.

Avant de sortir faire le point avec Pierre-Paul, je rumine dans mon coin au vestiaire. Je veux être seul. Tout seul. Qu'on me fiche la paix. Je me terre dans un coin et ressens une grosse boule gonfler dans ma gorge. J'ai l'impression que sur ce match manqué toute ma carrière s'est jouée. Qu'il n'y aura pas de seconde chance. Se faire laminer par un gamin qui joue 15/1 quand je suis 2/6 et qui n'a même pas treize ans. La honte !

Douché, impassible et le sac pendant à l'épaule, je sors du vestiaire et me compose vite une bonne figure devant Pierre-Paul. Il veut qu'on apprenne à accepter, puis assumer la défaite. Il pense que ça fait partie de la vie du tennis. Au fond de moi, je ne suis pas d'accord. Depuis mes débuts et sur tous les courts que je fréquente, je vois des compétiteurs qui s'embarrassent rarement de délicatesses. Victoire ou défaite, on les vit chacun pour soi. Chacun au fond de soi.

Encore plus révoltant est ce public ignare qui n'applaudit qu'aux coups d'éclat mais est incapable d'être là quand vous avez besoin de lui. Les gens ne savent pas voir. Il n'y a que les sportifs pour juger les sportifs. Quand vous avez une défaillance et que vous vous retrouvez paralysé sur un court, plus personne ne vient à votre secours pour vous soutenir. Votre solitude est d'autant plus criante qu'elle s'expose en public. Ce jeu pervers vous fait passer du paradis à l'enfer en un rien de temps.

Mais je continue de croire en mon étoile et je sais que ma méthode est la bonne. Contre les cogneurs, tenir. Et rallonger le jeu. La méthode hypnotique à la Lendl : donner l'impression d'un acte gratuit mais viser la victoire.

Dès la semaine suivante, je renoue avec le succès. Vainqueur catégorie junior et révélation du tournoi. Une coupe et une médaille autour du cou qui vont rejoindre les autres sur mon petit autel. Sur le podium, je suis tout sourire. Mon père l'aura, sa photo. Je brandis les bras bien haut.

1984. Finale de Roland-Garros, Lendl-McEnroe, une affiche de rêve. Il n'est pas question que je rate une seule seconde de ce moment historique. Je campe en tailleur devant la télé avec un bol de céréales à la main, en tenue complète de joueur. Le Tchécoslovaque est mené 2 sets 0 par un McEnroe survolté que le public chouchoute. Ma mère n'en revient pas de me voir m'agiter dans tous les sens et mon père, surpris qu'il est de me trouver supporter du jeu du Tchécoslovaque à l'apparence si terne, tait sa préférence secrète pour le jeu plein d'éclat de l'Américain. Je suis le vieux monde et lui le jeune, quelque chose cloche là-dedans.

McEnroe joue dans son jardin. Paris, qui se veut cousine de New York, l'acclame et tout le stade verse de son côté. Quand il conteste et affirme que le juge de lignes n'a pas montré la bonne marque on le soutient ; quand il maugrée, tout le monde en rit. Il pique des colères d'enfant gâté et parvient à obtenir ce qu'il veut. Ça me fait du mal pour Lendl qui reste dans sa bulle et n'arrive pas, seul contre tous, à libérer son jeu.

« Je crois que les carottes sont cuites pour ton Tchéko », commente mon père à la fin du deuxième set, que McEnroe remporte 6-2 sous les ovations.

Mais au troisième set, les choses changent. Enfin Lendl ose lâcher ses coups et, chose incroyable, monter à la volée. Le combat des deux hommes devient titanesque. Lendl renverse la vapeur et remporte le troisième set 6-4, et le quatrième 7-5.

Mon père qui croyait la chose pliée ne quitte plus l'écran.

« Quand même, ton Lendl, quand il s'y met. »

Le cinquième set me prive de respiration. Je vis chaque

coup exactement comme si je le délivrais. J'ai choisi mon joueur et je le soutiendrai jusqu'au bout. Sur un revers décroisé qu'il sort du milieu du court dans une position impossible, Lendl fait, au sens propre, mordre la poussière à McEnroe qui s'en va choir près du filet. Sur ce coup-là, je comprends que c'est gagné. Encore quelques points, encore quelques jeux et il remporte le dernier set 7-5.

Le public n'en revient pas et l'applaudit à tout rompre. Aux yeux du monde entier, Lendl vient de donner une magistrale leçon de tennis en quatre heures et huit minutes. Je jubile. Calé à la seconde près sur la cérémonie de la remise des trophées, je saisis la plus grande coupe que j'ai à disposition sur mon étagère et, exactement en même temps qu'Ivan, je la soulève, radieux, vers le ciel.

De retour sur les courts, j'adopte résolument le même jeu fondé sur la défense et ne monte plus jamais à la volée, sauf contraint par des amorties. Je me fais vite une réputation de joueur redoutable de fond de court, de « crocodile » comme on dit, et la liste de mes victoires s'allonge...

En cas de défaite, je prends l'habitude nouvelle de retourner les chefs d'accusation d'une mauvaise performance contre l'état du terrain ou la tension de ma raquette. J'ai été mal massé ou ma digestion a été trop lente. À mon niveau, pour réussir dans le sport, il est essentiel de préférer accuser les autres plutôt que soi-même. Je contreviens aux principes de Pierre-Paul. Il ne veut pas que je prenne la grosse tête. Il y a encore du travail à faire, me dit-il. Long est le chemin. Il n'a que ces mots à la bouche. Je découvre l'arrière-monde de la compétition où ce qui est en jeu et qui est le joyau que l'on doit préserver et polir, plus que notre technique, plus que notre physique, est notre amour-propre. Je ne lâcherai rien.

Je rentre ainsi sur le circuit des meilleures compétitions officielles pour les treize – dix-huit ans. Mon but est clair : intégrer un sport-études, rejoindre un jour le Pôle France. Champion. Pourquoi pas moi ?

7

Tout sera question de qualité de jeu et de classement. Par la régularité de ma technique et tous les efforts consentis, par la vigilance et l'opiniâtreté de Pierre-Paul, j'ai encore franchi un palier à la veille de mes quinze ans. Peut-être que je pourrai jouer cette année en ITF junior ! C'est lui qui me l'a dit. Il en a parlé à Monsieur Charly, le DTN de la fédération française de tennis qui était venu me voir jouer. « On pourrait essayer, pour voir », a-t-il dit. Je suis envahi du même sentiment de bonheur qui m'a traversé lorsqu'on m'a invité quelques années plus tôt à fouler le sol du court couvert de mon club de banlieue. Mais je suis beaucoup plus fort qu'à cette époque. Rien de comparable. Si la chose se fait, ce sera un bouleversement. Je devrai bénéficier d'horaires aménagés au lycée et d'un passeport toujours en règle pour voyager. Ce sera une question d'investissement aussi car si je participe à des tournois dotés – et parfois solidement dotés –, l'inscription coûte cher, les frais de voyage, d'hébergement, de bouche, sont à la charge de la famille. Folie.

Je ne parle pas de participation aux tournois du Grand Chelem ou aux Masters mais si je pouvais être présent à un ATP 500 séries, un Challenger Tour, un Futures. Être dans les 500 serait une consécration. Dans les 100, un rêve. Dans les 10 ? J'ose à peine y penser. Pourtant c'était bien là mon objectif. Dans des tournois ATP 500, comme l'Open du Japon, on peut croiser des top 10 mondiaux. Rencontrer en série principale des champions, n'est-ce pas déjà être un champion ?

Nous partons avec mon père et Pierre-Paul pour que je dispute une compétition près de Genève. Ce tournoi ouvert à tous est en accès libre mais il est aussi fréquenté par des semi-pros. On m'a refait pour l'occasion une tenue complète, short, chemise, survêtement, chaussures, raquette et toute la gamme des ustensiles. Le TCE a consenti à financer une partie des frais par un jeu de demandes de subventions. La note pour mes parents reste lourde. Demain, il faudra trouver un sponsor, a-t-on dit.

« Tu vas donner le meilleur, Alain. Pour le club, n'est-ce pas ? »

Le président Kergall se fait bien solennel. Ai-je autant d'importance que cela à ses yeux ? Y a-t-il quelque chose que je ne perçois pas dans ses intentions ?

Après un voyage dans le cabriolet de Pierre-Paul, dès que nous pénétrons en bordure du lac Léman dans l'enceinte du club où se déroule le tournoi, je découvre avec ravissement combien la mise en scène diffère de tout ce que j'ai connu jusqu'à présent. Mon père dont l'œil scrute les détails du décor du club-house où a lieu l'accueil pour l'inscription – canapés en cuir blanc, bar en étain, jolis cadres boisés au mur – est tout sourire. Pierre-Paul se veut discret et n'a pas l'air aussi détendu qu'à son habitude. Je le surprends, légèrement nerveux, faisant des allées et venues vers la voiture, à chercher du regard une connaissance, quelqu'un avec qui engager la conversation.

Des hôtesses d'accueil aux ramasseurs de balles, des arbitres en uniforme aux tracés parfaitement rectilignes de nos quadrilatères de jeu, chaque détail fait que ce monde qui vient à moi est auréolé d'une nouvelle sacralité. Le court couvert où je me suis tant entraîné avec Éric dans notre club de l'Essonne a beau être ma petite église, dès que j'arrive ici, à l'étranger, je comprends qu'il n'a rien à voir avec ce complexe sportif-là, et encore moins avec la Rod Laver Arena en Australie ou le Wimbledon de Londres. Ce ne sont plus des stades mais des lieux saints, et ces derniers non des églises mais des cathédrales. Ce n'est plus un sport, plus un jeu, mais un rite qu'il faut accomplir avec respect et foi. La victoire – quand au bout est la victoire – doit couronner le tout d'un sentiment de béatitude qui est une joie parfaite. Nous sommes encore dans la queue des inscriptions, sac posé au sol. Le hall se remplit de joueurs qui parlent dans plusieurs langues. Chaque joueur, chaque entraîneur est impeccablement paré et détendu. On ne trouve pas de place pour le dépareillé ici. En comparaison, les attaches lâches du pantalon crème de Pierre-Paul révèlent une forme de négligence.

Est-ce cela entrer dans la cour des grands ? Éprouver chaque geste comme un des éléments figuratifs d'une chorégraphie savamment orchestrée ? Dès que je mets le pas sur un court d'entraînement, mon ambition se décuple. Je contemple les choses avec un nouveau regard. Ma focale photographique s'est resserrée et mon champ s'est ouvert. Autour de moi, ici, palpables, se trouvent sûrement les futurs grands pros de demain.

Ma chance est à saisir. Je serai de ce carré-là et je voyagerai dans le monde entier. De janvier à octobre, durant notre saison de sport, je serai le premier mois de l'année à Doha, en février à Quito, en mars au Brésil, en avril à Budapest et ainsi de suite. J'éviterai ces tournois semi-professionnels à qualification ouverte où n'importe qui peut se présenter. J'apprends qu'aux États-Unis, ils pullulent. À Kissimmee, Sarasota, Tampa, Monroe, San Jose, des petites villes perdues où, même en finale, vous ne pouvez espérer un chèque de plus de mille dollars.

Toujours bien reçu et considéré comme un hôte de choix, je m'habituerai à l'attention qu'on m'accorde. Inscrit dans les tournois les plus rémunérateurs, j'accumulerai avant mes dix-huit ans une petite fortune. Pierre-Paul gérera mes affaires. Il prendra le pli de devenir de plus en plus exigeant sur la qualité des prestations : nourriture de choix, épaisseur du matelas, voyage en classe affaires, voitures de marque pour nos déplacements, deviendra expert en petits jeux comparatifs et médisances entretenues savamment par les coachs poussant à la roue pour obtenir ce que seuls les meilleurs obtiennent. Il changera de pantalon.

Juin à Stuttgart sur gazon, juillet à Newport, je jouerai toutes les surfaces et dans n'importe quelles conditions. Comme les autres petits champions, je m'habituerai à un étalage de confort et de luxe comme s'ils m'étaient dus. Mais cette débauche de moyens ne m'éloignera pas de la réalité du monde. Je resterai fidèle à mon club et offrirai à mes parents une vaste maison près du parc de Sceaux où ma mère a passé sa jeunesse et où elle a toujours voulu revenir. Il sera au départ étrange pour eux que j'aie pu gagner en si peu d'années autant d'argent qu'eux en toute une vie. Mais ils comprendront. Ils verront mon don comme l'offrande qu'ils m'ont faite à la naissance. Mon père me répétera qu'il fallait garder la tête froide, alors que cette gloire toute neuve, malgré les préventions dont il voudra s'entourer, lui tournera la tête bien plus qu'à moi et qu'il s'offrira une ou deux puissantes voitures stationnées dans le garage, et que Gaël jouira d'une chambre ouverte sur tout un étage, un espace infiniment plus grand que le mien à son âge.

« Alain, tu as entendu ? Tu joues contre un jeune Grec à 14 heures sur le court numéro 5. Il est classé troisième série. Je vais me renseigner. »

J'ai les qualités d'un attaquant de fond de court qui peut finir le point à n'importe quel moment grâce à un coup droit précis et dévastateur. Mais que j'utilise peu, préférant pousser l'autre à la faute. Plus une belle régularité de service, quoique pas assez rapide dans son exécution. Il faut être maso pour passer pro au tennis. Mon sport est une épreuve d'endurance, une forme de longue méditation en mouvement. Depuis le fond de court, j'attends que les choses viennent à moi. C'est avec ces atouts que je vais amasser argent et victoires, ai-je envie de répondre à Pierre-Paul pour le dédommager lui aussi de tous ses sacrifices. Je suis prêt à me transformer en monstre pour devenir un champion.

En match, je table sur le fait que la force de l'adversaire, à un moment donné, diminuera et j'utiliserai cet instant pour hausser mon niveau de jeu d'un cran. Ma plus grande qualité est de m'appuyer sur les autres sans prendre de grande initiative. Un jour, Éric m'en avait fait le reproche :

« T'es chiant, Alain. Tu joues mais tu ne t'amuses pas ! »

Il m'avait aussi dit que pour rien au monde il ne voudrait devenir comme ça. Je m'étais senti blessé et offensé. Depuis qu'il ne vient plus au club qu'en dents de scie et que je ne comprends pas ce qu'il trafique avec le tennis, il a perdu sa qualité de jeu. Je le domine aujourd'hui. Il doit être jaloux de mon calme, de ma régularité et de mes résultats.

Mon regard se perd sur des lignes d'horizon, ces lignes

de fond de court qui m'éloignent du monde. Je remporte mes matchs. Je recule inexorablement vers les zones de défense comme on s'enfonce dans un marais. Crocodile vigilant, rasant la bande du filet sur chaque remise, je tiens fermement ma position en ligne protégée.

La dernière fois que j'ai eu l'occasion d'échanger quelques balles avec Éric, un soir qu'il m'avait rejoint sur un court, il m'avait balancé :

« Hé, Alain, reste pas au fond de la classe, viens te montrer un peu devant. »

J'étais censé lire son jeu tant je le connaissais par cœur et je le dépassais maintenant largement au classement, mais il m'était insupportable de le voir se promener sur le court avec autant d'aisance. Dès que je rehaussais mon niveau de jeu juste en me concentrant, il revenait me coller ou partait à la charge en riant avec un de ses coups dont il a le secret, histoire de dire : « Tu vois, tu aurais dû t'appliquer mieux, il te reste encore du chemin à parcourir si tu veux devenir un jour un artiste comme moi. Est-ce qu'on parle la même langue ? Et celle-là, tu la connais ? » Il déclenchait alors à l'envi un décroisé pleine ligne. Venant de n'importe qui d'autre, ce comportement m'aurait rendu fou de rage, mais de la part d'Éric je l'acceptais, y compris quand il faisait exprès de jouer mou et dans les pieds pour m'énerver.

Après quelques jeux, on se retrouve comme naguère au vestiaire, Éric avec sa serviette enroulée sur la tête et le sexe qui pendouille du banc. Il n'est pas quelqu'un avec qui on peut avoir des discussions sérieuses et je suis trop obnubilé par ma passion du jeu pour comprendre que j'y console un sentiment qui me dépasse. Entre deux considérations sur les tournois ou le matériel, je lui glisse que j'admets de moins en moins facilement de perdre et combien parfois je me sens seul. Ironique et mystérieux, Éric me répond par son fameux sourire. La gagne, il s'en fout, mais la solitude, oui, il voit bien. Ses parents viennent de divorcer, m'annonce-t-il. Il ne sait pas où il va aller.

Pierre-Paul a étudié en détail les tableaux qui viennent d'être affichés et il revient vers moi dans un état d'excitation qui ne lui correspond pas.

« Tu ne devineras jamais ?

— Quoi ?

— Éric est inscrit au tournoi.

— Où ?

— Ici, à Genève. Il joue sous les couleurs d'une académie de tennis montée par un Américain. J'en ai entendu parler mais je ne me doutais pas... Le petit salaud. »

Je ne trouve rien à dire. Je n'arrive pas à comprendre ce que cela implique pour moi. Pourtant c'est un coup en plein cœur que je reçois. Éric ne m'a parlé de rien et je me sens trahi. Je croyais que ça ne l'intéressait plus le tennis, et la compétition encore moins, qu'il en avait marre de jouer à « la baballe ».

Face à mon désarroi et pour me galvaniser, Pierre-Paul prend les devants :

« Si tu passes le Grec, vous vous retrouvez au tour suivant. C'est écrit là-bas, sur le tableau. »

8

Je dois faire abstraction de tout ça. Éric ou pas Éric, prendre les matchs les uns après les autres comme ils viennent. Plus que jamais compter sur ma technique et ma science du jeu. Je suis un bon joueur, un des futurs meilleurs Français. Je ne suis pas encore tout à fait à ma place. Il me manque un rien pour conquérir et endosser le costume de grand champion que je vise. Cela ne tardera pas. Il suffit encore de quelques victoires pour renforcer mon classement. Depuis que j'évolue, je survole les quatrième et troisième séries, et passe de la deuxième à la première en multipliant ma présence sur les tournois. Je n'ai vu le nom d'Éric nulle part sur les tournois du département où je suis engagé, je me demande comment il a pu accumuler ses points.

Pierre-Paul garde confiance. Pour lui, même si vers les sommets l'air se raréfie, je dois aller toujours plus loin et poursuivre mon ascension. Il a aussi compris quel sentiment de réussite m'anime. Quand je perds un match, j'arrive à me contenir sur le court et serrer la main de mon adversaire et de l'arbitre avec tact mais, dès que j'entre au vestiaire, je laisse exploser toute ma fureur. Plutôt que d'incriminer les autres, je retourne désormais toujours cette colère contre moi. Pierre-Paul me laisse faire. Il sait qu'au cœur de cette rage on doit lire un vrai critère d'exigence qui est le meilleur moteur de la réussite.

Côté forme, tout va bien. Pas de fatigue musculaire, pas d'essoufflement. Tout est prêt et comme j'aime : mes raquettes sont bien cordées et correctement alignées dans leur housse ; ma tenue est propre et repassée. Pas de prière ou de grigri, mais du soin et de la concentration.

Les organisateurs du tournoi viennent nous saluer. Je me sens à mon aise à tourner dans ce manège. Pas du tout impressionné. Sont présents quelques gars de ma génération qui ont déjà un palmarès et dont le nom est connu de tous les amateurs : Andy, un Texan, pur produit de la nouvelle génération, qui marche à la confiance et pratique un jeu agressif, et Xavier, un Espagnol, très bon renvoyeur, tenace, vainqueur des tournois d'Estoril et de Munich, toujours sur terre battue.

Je tends une oreille à une discussion entre deux entraîneurs qui roule sur Michael Chang, le jeune champion qui vient de remporter le dernier Roland-Garros !

« Tu te rends compte, Roland-Garros à dix-sept ans. C'est un ovni, ce gars ! »

Je bous d'entrer dans la controverse pour donner mon point de vue. Chang un champion ? Tout le contraire. Petit, trapu, avec sa raquette à très grand tamis, son jeu de jambes rapide et son positionnement si particulier sur le terrain, il n'a pas de tempérament. L'Américain d'origine taïwanaise vient de sortir Lendl, mon Lendl, alors numéro 1 mondial, d'une façon impropre, voire honteuse, en huitième de finale du dernier Roland-Garros. Est-ce qu'il simulait ou était-il vraiment victime de crampes ? Toujours est-il que, durant cette rencontre, il n'a fait que hacher le jeu et pourrir la situation dès qu'il le pouvait. Ce match ressemblait à tout sauf à un match normal.

Ce n'est pas tant l'idée qu'il ait battu Lendl qui m'avait désarçonné mais qu'il ait réussi à percer l'imprenable forteresse psychologique de mon héros. Chang défie les règles et je n'aime pas ça. Par son comportement, il renie le code et la définition de l'homme de tennis. Homme de tennis : « homme qui en toutes circonstances respecte les règles du tennis ». Son service surprise à la cuillère dans le cinquième set de ce huitième de finale, à 4-3, suivi de son placement en receveur à la limite du demi-carré de service, était une façon de se moquer des règles et de l'adversaire, attitude qui n'était tout simplement pas fair-play.

Au tennis, il existe des lois établies mais aussi des règles informelles. Ces règles-là n'ont pas besoin d'être inscrites noir sur blanc, elles sont inhérentes à la pratique du jeu.

Chang n'a pas transgressé les règles, et ni l'arbitre de chaise, ni le superviseur ne peuvent donc rien dire. Mais pour moi le crime est beaucoup plus grand : il dénature l'esprit du jeu.

Je passe devant les tables des kinés. Je cherche à savoir où est Éric. Que devrais-je lui dire ? Si je tombe sur lui en présence de la Fouine, je crains que les hostilités soient lancées. Mais Éric ne se trouve nulle part. En revanche, son nom est bien inscrit sur le tableau.

Question tendon, j'ai été épargné. Je n'ai jamais été victime d'un tennis-elbow, cette tendinite du coude si répandue chez les joueurs, qu'ils soient débutants ou confirmés. Si j'y ai échappé, c'est que depuis les tout débuts j'opère pour un cordage sans trop de pression. Chaque fin de séance, je n'oublie pas non plus les étirements des membres inférieurs – fessier, psoas, quadriceps, ischio-jambiers, triceps. Une petite douleur à la cheville de temps à autre mais sans plus. Tous les jeunes joueurs répugnent à faire ce genre d'exercices en pensant soit que c'est du temps perdu, soit qu'à notre corps, si plastique et endurant, il ne pourra rien arriver. Je suis plus méfiant. Et je veux durer.

Le jeune Grec que j'affronte est nettement plus grand que moi en taille. Rien de surprenant. Je suis allé l'observer à la dérobée. Je le vois taper quelques balles sur un terrain à l'écart avec son entraîneur.

Troisième série ou pas, il me semble régulier mais pas assez discipliné. Il a un léger retard sur chaque frappe. Le transfert du poids qu'il opère en avançant sur la balle devrait lui permettre d'imprimer plus de puissance qu'il n'en donne. Il frappe encore beaucoup en bras et pas assez en rotation d'épaules ou de hanches. Il se fatiguera vite. Mais il possède un bon revers.

Nous sommes appelés en début d'après-midi. Quatorze heures précises. Dès les premiers échanges, je pressens que j'aurai l'ascendant. Ce match est pour moi. Aucun doute. Sans avoir à puiser dans mes réserves, je pourrais tout à fait passer ce tour à l'économie et en garder sous le pied pour Éric. Qu'on sache enfin qui est le vainqueur entre nous deux. Mais j'aime donner le meilleur de moi-même chaque fois et je me méfie – surtout en tournoi – des constats trop vite établis. Si j'en crois les regards que nous échangeons avec Pierre-Paul au premier changement de côté, il est entendu que ce tour ne posera pas de problème. Je n'ai qu'à rester vigilant. J'enlève d'ailleurs le premier set 6-2 sans difficulté. *A priori*, mon adversaire n'a pas un schéma tactique assez élaboré ni de capacités techniques suffisantes pour inverser l'issue toute tracée de cette rencontre.

À l'entame du deuxième set, le voici gêné par un problème de raquette. Il demande à l'arbitre d'en changer. Au repos, lors des quatre-vingt-dix secondes qui nous sont données, j'essuie minutieusement le manche de ma raquette avec ma serviette-éponge et remonte mes chaussettes. Mes yeux cherchent Pierre-Paul et mon père au premier rang des tribunes. Je peux clairement lire sur les lèvres de mon entraîneur ce qu'il s'efforce de me dire.

« Ça va passer. Re-lâ-che. »

Dès la reprise, je fais le break en prenant le service de mon adversaire. Il n'a pas encore complètement rompu mais le coup que je viens de lui porter est rude. Je l'ai promené en contrôle de balle au loin pour placer mon accélération de coup droit dès qu'une partie du court s'est ouverte devant moi. Il ne peut rien faire. Acculé, il ira quand même jusqu'au bout. Je connais ce genre de joueurs. Ils ne sont jamais aussi dangereux que quand la partie semble pliée et que leur moral est entamé. Par instinct vengeur, ils profitent de leur déroute programmée pour balancer leurs plus gros coups comme autant de barouds d'honneur. Une technique de survie qui en vaut bien une autre.

Sur un nouvel échange, je vois qu'il essaie de passer en force pour me déborder. Tranquillement, presque lentement, je renvoie au loin sur la ligne de fond et commence à lui faire faire l'essuie-glace. J'ai bien vu qu'il avait cette faiblesse sur son temps de frappe. Il rentre trop vite sur la balle.

J'ai le match en main. Mon regard part toujours du côté de Pierre-Paul. De manière fugace, il lève un pouce en l'air, bouge la tête en signe de soutien. Quand je le peux, sans céder sur mon effort de concentration, mes yeux quadrillent les tribunes. Je sens qu'Éric est là, caché dans un coin. Je voudrais savoir s'il m'observe comme l'ennemi qu'on vient jauger ou s'il me soutient comme un frère.

Pourtant, sur un croisé qui touche pleine ligne et qui

pourrait être gagnant, je ne sais comment le Grec s'y prend mais il s'appuie sur la puissance de mon coup pour décroiser parfaitement son revers. En moins d'un centième de seconde, je pressens le danger. Il va falloir que je coure derrière cette balle pour aller la chercher loin. Un défaut de réaction et le point sera perdu. Quelle que soit la valeur de ce point, je ne veux pas le concéder. Il faut réagir vite et d'abord bien se repositionner. Je prends appui au sol en fléchissant légèrement sur les cuisses pour repartir en déplacement latéral mais il s'agit d'une mauvaise option. Je ne rattraperai jamais ce coup sur un pas chassé suivi d'une extension du bras. La balle tourne à la vitesse d'un projectile lancé à toute allure, je la vois franchir le filet de façon rasante.

Je sais ce que je dois faire. Mon bassin doit pivoter et entamer une course vers le coin opposé pour rejoindre la balle à son point de chute. Je devrais pouvoir alors la toucher du bout de la raquette et la remettre à l'aveugle dans le court, certainement pas de façon idéale mais au moins, de la sorte, le point ne sera pas concédé. Après, on verra.

Je reprends de nouveau mes marques au sol après un bref moment de suspension. J'allongerai la première foulée. Sur un appui que je croyais assuré, l'espace d'un court instant, sentant tout le poids pesant d'un corps qu'on ne peut plus retenir puisque, comme un cheval engagé sur l'obstacle ou un javelot à peine échappé de la paume, il se trouve embarqué, je sens que ma cheville gauche tourne sur elle-même et commence à dévisser. Depuis six mois, je ressens une petite faiblesse au niveau de la malléole externe et pas plus tard qu'il y a deux jours le kiné l'a encore massée. L'action de mon poids sur la cheville n'est pas terminée. Mes ligaments se trouvent étirés au maximum. Il est trop tard pour que je change d'appui désormais. Tout le poids de mon corps continue de peser sur ma cheville. Soudain j'ai sous les yeux la vision incongrue et affreuse de mon coup de pied tordu à quatre-vingt-dix degrés. J'entends les ligaments céder les uns après les autres, comme les cordes d'une guitare trop tendue. Sur un dernier mouvement que j'ai voulu exécuter pour me redresser et qui m'a été fatal, j'entends l'os de ma cheville qui craque complètement dans un bruit d'arbre sec.

J'aurais dû me laisser choir au lieu de vouloir au dernier instant me redresser pour retrouver l'équilibre ; et j'aurais dû surtout laisser filer ce point. Je ne suis même pas certain, compte tenu de la puissance de la balle, qu'elle soit tombée dans le court. Elle est peut-être sortie out, partie au diable à quelques centimètres derrière la ligne de fond. Je ne vois rien, j'ai plongé. Je ne sais même pas où la balle est retombée et si le point est gagné ou perdu.

Ma cheville vient de produire ce terrible fracas que font les choses quand elles rompent. Le temps s'est arrêté. Les visages se sont crispés, puis raidis. Tout le monde a compris ce qui se passait. Quelqu'un a mis ses mains devant le visage pour ne pas voir. Et tout mon corps s'est affaissé d'un coup. Le dieu marionnettiste qui tirait les ficelles au-dessus de ma tête et qui faisait que j'étais chaque jour plus gracile et performant a lâché les manettes et m'a laissé là, pantelant et désarticulé, ma cheville retournée sur le côté, comme extérieure à moi, comme dissociée de mon être, inutile et hors d'usage. Rompue. Une immense douleur m'électrise toute l'échine alors que mon corps gît au sol.

D'un geste réflexe mû autant par l'énergie du désespoir que par la volonté farouche de poursuivre l'échange, j'ai lancé ma raquette au loin pour atteindre la balle. Je rampe maintenant, le corps recroquevillé, la chemise remontée sur elle-même, le front butant sur la marque centrale de la ligne de fond de court de ce terrain en synthétique dont je sens le granulé caoutchouteux imprimer sa marque sur ma joue.

Et je hurle.

Je hurle de toutes mes forces. De douleur, de colère et de dépit. Je ne peux réprimer le flot de pleurs qui se met à inonder mon visage. Toute mon énergie, ce feu qui coule à l'intérieur et que je canalise pour ne pas le montrer, s'échappe de moi. Il me déborde. Il est le feu changé en larmes. La souffrance ne s'arrête plus. Je la déverse dans un cri de rage étranglée. Les juges de ligne, rejoints immédiatement par le juge de chaise, ont quitté leur place. Pierre-Paul a sauté par-dessus la bâche du gradin. Tous viennent à moi.

« Dis-moi où, Alain ? La cheville ? »

Je ne peux pas répondre à Pierre-Paul. J'ai la gueule ouverte d'un poisson mort échoué sur le rivage, mon corps hoquette sous les soubresauts. Je m'en veux. Je m'en veux tellement.

« Pardon, pardon. »

Ce sont les seuls mots que je suis capable de prononcer. Mon adversaire a traversé le court pour m'apporter son soutien. Il est gêné. Mon pardon s'adresse à lui aussi. Je ne veux pas que le jeu s'arrête.

Le soigneur est là. Il propose qu'on me soulève et qu'on me sorte du terrain. Un de mes bras s'enroule autour de son épaule et l'autre autour de celle de Pierre-Paul. Je me mets debout en essayant de contenir la douleur et sautille sur le pied droit. À l'extrémité de ma jambe gauche repliée, ma cheville pend lamentablement. En se désolidarisant de moi, elle m'a trahi. Elle n'est plus moi.

Mes pleurs ne peuvent plus cesser. Ils se sont entremêlés à ma sueur et ne font qu'un avec elle. Sur tout mon corps humide et ma chemise trempée, je sens le dépôt de son sel amer. Sur un faux mouvement, je viens de tout perdre. La torsion en varus au niveau du ligament latéral externe a été trop brutale. La cheville complète a cédé. J'en ai pour des semaines, peut-être des mois. Je n'avais pas pris conscience du chemin que j'avais parcouru pour en arriver là. Sans que cela me coûte, j'étais parvenu au rang de champion. Ne restait que la consécration à atteindre. Ne restait qu'à battre Éric. Tout mon monde vient de s'écrouler.

TROISIÈME PARTIE

1

Depuis la fenêtre de ma chambre, je découvre, à la tombée du soir, une immense ligne tailler l'horizon à la pointe fine. Le temps est toujours calme ici, la mer étale. Au loin, des cargos passent, blancs, bleus ou jaunes. Je ne sais de quelle embouchure ils sortent ; je ne cherche pas à le savoir. Selon l'heure et le jour, ils empruntent un cap différent. En deux semaines, j'ai pu repérer la récurrence de leur manège savamment réglé. Le plus longtemps possible, je m'efforce de suivre des yeux leur sillage, jusqu'à ce que, rendus petits points invisibles sur la grande toile tendue de l'eau, ils disparaissent complètement de ma vue.

J'ai du temps. Je réside dans un établissement en bordure d'une station balnéaire, dans un centre de rééducation. Ma blessure était mauvaise. Une fois la fracture réduite, la cheville plâtrée, il n'y a que le temps qui puisse venir à bout de mon mal. Six semaines avec interdiction formelle de poser le pied par terre. Plus la pose de vis, qui fera que je devrai de nouveau être opéré dans quelques mois. Risque de rigidité et d'instabilité articulaire. Plus des séances de massage et de rééducation. On m'a dit d'être patient et de ne pas brusquer les choses, ce serait pire que tout.

Beaucoup de gens du club, du lycée, de la famille, des amis de mes parents se sont manifestés pour me témoigner leur soutien et leur affection. Cela donne des petits mots avec des cœurs ou des marques d'encouragement scandées par des points d'exclamation. « Courage ! », « Allez ! », « On t'attend ! ». Mes parents viennent me voir chaque fin de semaine. Gaël est impressionné par le lieu et les grosses machines de rééducation. Il a un peu peur et ne quitte pas notre mère d'une semelle. Mon père a déjà fait copain avec l'ostéopathe martiniquais. Pierre-Paul appelle de temps à autre, plutôt le soir. Son entrée en matière demeure la même :

« Alors, comment ça va aujourd'hui ? »

Je réponds de manière excessivement positive en répliquant que j'ai de bonnes sensations et que je sens que ça va se remettre vite.

« Non, faut pas brûler les étapes ; il faut prendre le temps nécessaire. Une blessure... »

Pierre-Paul me ressert son laïus sur l'importance du temps en matière de rééducation sportive. Il se dit confiant, qu'on va s'y remettre bientôt. Mais pour l'instant c'est repos, repos, repos.

« Pas de conneries, Alain ? Tu promets ? »

Je ne sais pas ce qu'il entend par là. Je commence à reposer le pied par terre avec beaucoup de précaution, comme si je n'étais pas sûr que l'os de ma cheville soit suffisamment consolidé et que, branche encore trop sèche et fragile, il cède au premier pas.

Partout avec moi, je promène mes deux béquilles. Mon entraînement quotidien de tennis ne me manque pas pour l'instant. On l'a remplacé par des séances de massage et de thalassothérapie. Bain à bulles dans lequel je m'enfonce durant des heures en ne pensant plus à rien. J'ai arrêté de pleurer et arrêté de m'en vouloir. Un sentiment de tristesse a pris le dessus sur la colère. Le bâtiment est quasiment désert et il n'y a rien à faire. Il me tarde de délaisser mon programme de renforcement en dorsiflexion pour être plus autonome et pouvoir me rendre jusqu'à la plage. Bientôt, je pourrai y faire mes premiers pas. Comme un enfant.

Je viens d'avoir seize ans. Les épreuves du bac français risquent d'être un calvaire encore plus pénible que celui que je vis. Mes cahiers de révision restent fermés. On m'a inscrit à un cours par correspondance bourré de polycopiés auxquels je ne comprends rien.

Quand Pierre-Paul me rappelle un soir, je cherche à en savoir plus sur l'avenir. Je veux connaître mes chances. Pour le sport-études, pour le classement, pour les tournois internationaux.

« Ne te préoccupe pas de ça. Un joueur, c'est fait pour jouer. Un champion, ça s'accroche. Il faut croire en l'avenir.

Le bac, Alain, c'est important. Obligatoire. Je te laisse, là, j'ai à faire. Tu t'occupes de toi. »

Ce sont les derniers mots que je l'entends prononcer. Il ne m'appelle pas durant les semaines suivantes. Ma rééducation dure plus longtemps que prévu. Comme l'annonce le chirurgien à mes parents, l'entorse ligamentaire associée demande un traitement à part. On part, selon lui, sur six mois. Sale blessure. Je mets le nez dans les bouquins. Corvée.

Sur une indiscrétion d'un gars du club qui me donne des nouvelles, j'apprends au mois de mars que Pierre-Paul est parti en tournoi suivre un gamin au talent très prometteur. Il est devenu coach privé pour un géant cogneur à la Becker, au service « claqué » foudroyant, un qui se précipite à la volée pour plier l'adversaire. Tous au club ont l'air impressionnés par ce joueur dont ils me livrent les stats affolantes. Je ne peux qu'y voir un désaveu de mon jeu, de ma technique et de ma propre personne.

2

Trois mois que je suis là, enfermé. Je connais chaque mur et chaque couloir. Chaque machine. Mon père a cru bon de me ramener mes coupes et mes médailles au centre de rééducation. Je n'ai pas le cœur de lui dire que ça me fait plus de mal que de bien. Ma mère me prépare des petits gâteaux qu'elle met dans un Tupperware. Gaël me fait un dessin où il me représente avec une grande raquette à la main, une raquette aussi grande que mes béquilles. On voudrait que je sociabilise avec des gens du centre.

« Regarde, il y a des jeunes. Va vers eux, tente mon père. Sois sympa.

— J'ai le bac français à réviser. »

Aucune envie de me lier. Les patients du centre sont en majorité des accidentés de la route aux chairs meurtries. À côté ma blessure est ridicule, voire bénigne. De quoi pourrais-je me plaindre ? Je vais faire ce que je peux pour défendre mes chances pour les épreuves du bac. Je vise une petite moyenne mais, au lieu de travailler sérieusement et de faire des fiches comme on m'y encourage, mon esprit se perd à retrouver le tennis. Il revient à moi petit à petit, en surimposition. Je rejoue des parties.

Quand je vais revenir – car je vais revenir –, il faudra que je change quelque chose dans mon jeu. Mes journées puis mes nuits commencent à être rongées par cette obsession. La question de mon service est à traiter en tout premier. Il est le coup que j'ai le plus répété mais celui auquel je crois le moins. Ce geste-là, technique à souhait, est l'arme fatale du nouveau tennis et je sais depuis longtemps qu'il est non pas mon point faible, mais que je n'arrive pas à en faire un atout.

En servant, on peut mener le jeu et même gagner le point directement. Mentalement, je m'exerce déjà. De profil, pieds écartés, bras relâchés qui soutiennent la raquette, épaules orientées perpendiculairement au filet, et puis cette montée des bras et ce lâcher de balle qui doit filer droit à la verticale. Encore fléchir le bras de frappe pour se mettre en position armée et faire descendre la raquette dans le dos en position de « grattage » avant de tout rabattre sur l'avant, mais pile au point d'impact, et le plus haut possible, grâce à une flexion des jambes. Certains joueurs décollent les deux pieds du sol. Il faudra que j'essaie. Mon service est régulier, pas de problème là-dessus, mais rarement décisif. Je ne cherche qu'à engager le jeu, pas à l'écourter. Mes coupes se mettent à luire au reflet de la lune. Un service puissant. Un coup de matraque. Me muscler. Commencer par ça.

Depuis hier ma cheville tient mais par précaution elle est encore bandée avec un strapping triple verrouillage à l'Elastoplast. Je sens que le kiné a forcé et que mon pied se trouve trop compressé. Mais quelle liberté de pouvoir poser le pied par terre et au bout de quelques jours prendre appui ! En ôtant complètement le lacet, je peux enfiler mon pied bandé dans ma tennis. L'effet est comique mais il me procure une grande joie : une de mes chaussures se gonfle d'un rebond de cuir et figure un effet pied-bot, comme si, à l'adresse de tous, je portais un écriteau « Attention fragile ! ».

Mais je tiens debout. Je marche. N'est-ce pas miraculeux ?

3

Afin de remettre la vieille mécanique en route et de vérifier que tous mes réflexes répondent bien, je pars en toute discrétion, raquette et balle à la main, en repérage d'un mur en béton à l'écart du centre du côté des parkings. Je recherche une surface qui ferait l'affaire pour frapper quelques balles.

En moi-même, je rumine. Le silence de Pierre-Paul et ce nouveau joueur dont on me parle, avec son service canon et ses putains de stats, qu'est-ce que ça veut dire ? Si les choses m'échappent, je dois garder mon calme. Le jeu, rien que le jeu. C'est comme ça que l'on gagne. Avec le staff du centre, ils parlent pour moi d'une reprise progressive. Mais il n'est pas question de m'inscrire au moindre tournoi avant longtemps. Mon programme se limitera pour les mois à venir à quelques sorties en course à pied, du vélo, du renforcement aux machines et quelques « jeux de balles ». Rien de vraiment sérieux. Je suis contraint de faire le dos rond, de ronger mon frein et de montrer aux autres que tout va très bien. Je me sens redescendu au bas de l'échelle.

Derrière le mur du parking, je perçois un instant le son d'un petit grognement, ou plutôt un couinement. Je me demande bien ce que ça peut être. J'ai une raquette et une balle avec moi. Je lance quelques balles avec application. Sitôt que je me concentre sur mon jeu, le bruit reprend son concert. Chacun de mes renvois est accompagné d'un petit bruit, une sorte de couinement. Puis le caractère de plus en plus sexuel de l'intonation m'enlève tous mes doutes : derrière la façade blanche et sale se cache un animal lubrique qui répond au nom d'Éric.

Il ne tarde pas à apparaître, hilare et fier de sa blague, comme toujours inchangé, content de lui et manifestement heureux de vivre.

Avec mes parents, il est le seul à être venu me rendre visite dans mon centre de rééducation. Il a passé son permis en conduite accompagnée et possède déjà sa propre voiture : la Golf GTI décapotable de sa mère. Je ne sais jamais quand Éric va venir, si seulement il va venir. Avec lui, on ne sait jamais et il faut s'attendre à tout.

« Mais qu'est-ce que tu fais avec une raquette ? T'en as pas marre du tennis ? T'es pas mieux ici en vacances ? Moi, à ta place, je resterais ici. Toute la vie. »

Pas d'entrée en matière avec Éric. Droit au but. Caustique et souriant.

« Et toi, qu'est-ce que tu fous là ? Comment t'es venu ? »

La brise qui se lève m'indique que le soir va bientôt tomber. Ici, on passe en l'espace de quelques secondes de la sensation de chaud au froid polaire. Éric porte un pull et se met à mon rythme pour me raccompagner vers ma chambre, une petite moue maligne aux coins des lèvres. Pour ce soir, il a un projet, m'explique-t-il. Mais chut. La dernière fois qu'il est venu me voir avec mes parents, il a fait la rencontre d'une fille de la balnéo en apprentissage, une jolie rousse venant de Cornouailles qu'il a surnommée « Glouglou ».

« Tu vas voir, je m'occupe de tout. »

À 9 heures du soir, Éric se pointe dans ma chambre et ouvre la fenêtre. Il me tend un pull, un jean et un blouson, et m'aide à mettre mes chaussures.

« Si on se fait prendre, je dirai que c'est de ma faute. Viens ! je t'enlève. »

On ne refuse rien à Éric.

Je tiens plutôt bien sur mes jambes et passer par la porte-fenêtre coulissante de ma chambre qui donne directement sur le jardin ne relève pas de l'exploit. À grands gestes amusés, Glouglou nous encourage à la rejoindre à l'extrémité du parc où se trouve une porte de sortie dont elle a la clé.

Dans un bar près du remblai, nous buvons des verres en sa compagnie. Elle m'adresse des regards complices qui me prouvent qu'elle est de mèche avec Éric et que leur plan est ourdi depuis longtemps.

« T'inquiète, si on se fait prendre, je dirai... »

J'ai compris. Je n'ai plus qu'à me laisser aller. L'alcool et le vent qui s'engouffrent sur la plage me grisent. Je me sens vivre.

Dans un restaurant près du port tenu par un couple de quinquas homosexuels, Yves et Martin, qui portent chacun une marinière, on mange un morceau et on commande une bouteille de blanc bien frappé. À la fin, Éric sort des billets de sa poche et quitte les patrons en les embrassant. Devant l'établissement, il prend Glouglou dans ses bras et la soulève sans difficulté. Il n'est pas encore minuit.

Il est hors de question qu'on rentre maintenant. Éric veut aller en boîte de nuit. Il nous traîne au Milord où nous pénétrons comme par magie malgré notre âge. On m'installe dans un petit coin avec un whisky-Coca. Tout est nouveau pour moi, et délicieux : la musique trop forte et le jeu de séduction affiché entre les couples qui se forment. Personne ne me demande rien. Éric, heureux comme un poisson dans l'eau, la chemise débraillée et le doigt en l'air, hurle et danse avec Glouglou.

Le fait qu'Éric soit venu jusqu'ici spécialement pour moi – avant qu'il n'ait plus dans son objectif que les seins lourds et ronds de Glouglou – m'a touché et méritait l'aventure. Au milieu de la nuit, je réussis à lui faire comprendre qu'il faut y aller.

On arrive à pénétrer miraculeusement dans le centre de rééducation sans se faire surprendre et je réintègre ma chambre comme un voleur. Éric disparaît au fond du jardin avec Glouglou à son bras. Ils me font de petits signes. Je me lave les dents deux fois et asperge la chambre de parfum.

Je m'endors en moins de deux. J'ai, le matin, plus mal à la tête qu'à la cheville.

4

Non, je ne vais pas rester là. Je commence à le faire savoir. J'affirme à Serge, le kiné qui me masse tous les jours, que je vais marcher sur mes deux jambes et reprendre au plus vite la compétition. Il ne me contredit pas mais applique une pression du pouce sur ma cheville.

« Tu as mal si je fais ça ? »

Je retiens un cri de douleur.

« Non ça va, je ne sens rien. »

Il fait mine de me croire et reprend son massage.

« Alors, quand est-ce que je pourrai reprendre ? »

Je lui en fais la demande sur le ton de la supplique.

Laconique, il me répond :

« Faut attendre que tout soit en place. Vous êtes toujours pressés. Tu sais que c'est comme ça qu'on se blesse encore plus gravement. Le temps, y a que ça qui guérit, même à ton âge, Alain. »

Je dois réintégrer le circuit au plus tôt. Telle est la loi du sport. Gagner ou perdre. Pas d'autre issue. Il faut que

Pierre-Paul revienne à la table de jeu pour miser à nouveau sur moi. Je ne sais plus qui je suis : un alezan fuselé ou une carne. Tout seul, à l'heure de la sieste, je m'enfonce dans mes délires.

Je prépare déjà les premiers matchs à venir. On marche bizarrement au tennis. Quel que soit l'enjeu, on se trouve en équilibre précaire, comme sur une pente quand un pied cherche l'ascension de la victoire, l'autre est attiré par le ravin de la défaite. Tout le match se joue dans cet équilibre menaçant. Le repos de l'âme n'existe pas.

Éric semble ne pas comprendre. Je n'ai pas réussi à lui parler la dernière fois. Avec cette cheville, toute ma carrière se joue. Je lui en veux d'être si détaché, alors qu'au fond je suis persuadé qu'il attend la même chose que moi, qu'il est porté par la même volonté de gagner. J'ai tort, Éric n'est pas comme ça. Pas comme moi. Le fait qu'il soit à ce point loin de tout, et surtout des enjeux, lui confère une grande force. Il n'a de comptes à rendre à personne, alors que je veux faire plaisir à tout le monde. Sa morale personnelle est des plus friables, alors que je n'arrête pas de faire des serments idiots à moi-même et aux autres.

Durant ma période de convalescence, Éric n'a presque plus joué en tournoi. Il n'a même pas voulu rencontrer le Grec pour la demi-finale. Quand on l'a cherché partout pour qu'il se présente sur le terrain, il était déjà loin. Son nouvel entraîneur a, paraît-il, piqué une colère mémorable. On ne lui avait jamais fait un coup comme celui-là, m'a-t-il raconté en se régalant du bon tour qu'il lui avait joué.

« Trop militaire pour moi, leur méthode. Une, deux. Une, deux. Non mais tu m'imagines faire du sport pour être au garde-à-vous ? N'importe quoi. »

Éric dit qu'il m'attend. Que sans moi, tout ce cirque est moins drôle. Je ne comprends pas qu'il puisse gâcher à ce point son talent et refuse volontairement d'avancer. Il doit être cinglé. Il attend du tennis quelque chose mais il ne sait pas quoi. Une chose est sûre : les honneurs lui importent peu. Sur le court, il recherche avant tout l'émotion et, avec moi, une famille. S'il décrète qu'il s'ennuie durant un match, il laisse filer. Mieux que le goût de la victoire qui dure peu ou de la défaite qui déverse en nous sa ciguë et nous rend amorphe ou amer, mieux que le sport qui est une fausse métaphore de l'existence car dans celle-ci on peut jouer avec les lignes et disputer la valeur des points, Éric préfère tout simplement vivre.

Dès que j'ai mon bon de sortie, Éric vient me chercher avec sa GTI. Mon père a repris ses déplacements de voyageur de commerce et ne pouvait donc être présent le jour dit. Il a téléphoné pour dire que c'était OK, que je pouvais sortir. Ma mère se fait un sang d'encre et m'attend à Paris. Elle croit que je prends le train.

Aux abords de la région parisienne, Éric quitte l'autoroute et s'enfonce dans la campagne. Il veut absolument me montrer quelque chose. Sur mes gardes je m'attends au pire, c'est-à-dire à quelque chose de bon pour son moral et de nocif pour ma santé.

Durant quelques kilomètres, la Golf emprunte à fond de train une petite départementale avant de pénétrer sur un chemin de terre. Même avec tout l'air qui s'engouffre dans la voiture, j'ai mal au cœur. Nous entrons à toute petite allure au cœur d'une forêt. On roule encore deux kilomètres comme ça sous la futaie des arbres où je récupère un peu.

Il stoppe l'engin près d'une clairière et je le vois s'éjecter de la voiture et grimper sur une barrière. Le corps droit, se haussant sur la pointe des pieds, je l'entends gueuler à pleins poumons.

« Mes chéris, Ricco est là. Venez ! »

Une fois. Deux fois. Plein de fois.

Au bout d'un certain temps, quelque chose s'ébroue au fond du champ et vient à nous. Un bruit caractéristique. La terre qui commence à trembler. La mitraille des sabots.

Cinq chevaux emportés par leur élan dévalent le champ en pente vers nous. Je tourne un instant la tête car je crois, à la vitesse à laquelle ils arrivent, qu'ils vont nous renverser, fracasser la barrière et s'enfuir au loin pour toujours.

Mais ils n'en font rien. D'un simple signe de la main, en levant haut le bras, Éric les stoppe net. Son cou disparaît alors dans l'encolure de l'un d'eux en lui portant le baiser que les enfants donnent à leurs parents à la sortie de l'école. Puis il se met à flatter chacun d'une tape et d'un mot.

Je me demande bien ce que je fous ici, au milieu de nulle

part, avec ces canassons. Éric est devant moi. Son sourire s'est étiré. Je ne l'ai jamais vu aussi heureux.

« Hé, Alain, regarde celui-là comme il est beau ! »

L'animal qu'il me désigne est magnifique. Un bon mètre quatre-vingt-dix au garrot, tout en muscles, pelage noir, uniforme et luisant, il émane de lui quelque chose de majestueux, une force inoffensive qui en impose.

« Il te plaît ?

— Oui, il a de beaux yeux, dis-je un peu bêtement.

— C'est le tien. Cadeau. Je te dois bien ça. »

Je reste totalement interloqué. Éric ne pense quand même pas que...

« Allez, viens, tout est prêt, tu vas le monter. Quelqu'un s'est occupé de lui tout l'hiver. Il est très sage, tu verras. Parfait pour la balade. »

Pris au dépourvu, je demeure sans voix.

« C'est un gentil celui-là. Une bonne pâte. Mais dur au mal. Comme toi. Je l'ai appelé "Crocodile". »

5

On appelle ça un come-back. Ou une résurrection. Cela a mis un certain temps. D'abord il a fallu me rétablir. Puis reprendre le tennis. Ma cheville, comme je l'avais pressenti malgré mes petites bandelettes protectrices, n'était pas assez consolidée. Astuces vaines. Un matin, à l'entraînement, sur un mauvais appui, j'ai cru qu'elle allait se dérober de nouveau sous moi. Mon pied cette fois s'est relevé vivement comme s'il avait été au contact d'une plaque de métal en feu. J'ai réussi à renvoyer la balle et quand elle est revenue, alors que mon partenaire de jeu ne s'était aperçu de rien, je l'ai attaquée en demi-volée de toutes mes forces, très boxing tennis, pour me débarrasser de l'échange. La balle a fusé, elle est partie blanchir la ligne opposée. Superbe point. Tom, le jeune gars avec qui je joue maintenant, a levé le pouce pour saluer ce coup aussi surprenant que magistral. Je n'ai rien laissé paraître de la douleur à la cheville qui me lance, ni de ma crainte, j'ai regagné ma chaise sans claudiquer et j'ai dit à Tom que j'arrêtais là pour aujourd'hui. Sans donner plus d'explications.

J'ai attendu qu'il quitte le court avant de me terrer dans un coin des vestiaires. Longtemps je suis resté là, replié sur moi, les mains fermées sur le visage, avec une serviette recouvrant ma tête. Les larmes sont revenues. Elles ont trouvé ce canal dont les vannes s'ouvrent malgré moi.

Je chiale sans plus m'arrêter, hoquetant sous ma serviette. Je ne sais pas si quelqu'un m'a vu ou ce qui se dit dans mon dos, et d'ailleurs je m'en fous. Je ne sais pas non plus combien de temps je reste là, à la fois inerte et bouillonnant de rage. Ma cheville, ce n'est rien. Les tendons vont tenir. La preuve, malgré la torsion, elle retrouve au fil du temps et moyennant quelques séances de kiné supplémentaires toute sa souplesse. Reste encore durant quelque temps une forme d'appréhension mais je travaille avec Serguei, un entraîneur qui a rejoint le club et s'occupe de moi.

Dès le premier jour, en me fixant droit dans les yeux et en me prenant la main, avec son accent russe à couper au couteau et son inflexible détermination, il me rassure :

« Ta cheville, c'est rien, Alain. *Rrrien. Nothing.* Tout est dans la tête, là. »

Pierre-Paul fuyait toujours la confrontation du regard et me jugeait de loin. J'apprécie l'idée que Serguei me touche et qu'il n'ait pas de carnet.

Suis-je vraiment fait pour le tennis ? Qu'est-ce que je veux ? Comment parvenir à ce que je veux ? Je me confronte à toutes ces questions, tout seul, sans psy. Les sportifs ont l'habitude de s'écouter. Ils y sont contraints. Leur corps est leur cœur de métier. Ces questions diverses, comme des équations entremêlées, je décide de les résumer à un précepte qui fait office de loi, « Tennisman : homme qui DOIT jouer au tennis ».

Premier tournoi interdépartemental où je suis engagé pour faire mon retour, je tombe sur Pierre-Paul cornaquant un de ses nouveaux petits protégés qu'il rêve de conduire jusqu'aux finales du Guadalquivir Junior. Il en parle, paraît-il, à tout le monde.

De voir Pierre-Paul amadouer son poulain de loin sans se pencher sur lui me donne un coup au cœur. Il m'a repéré et demeure un instant interdit avant de revêtir le masque de l'affabilité, de se rapprocher de moi et de me tendre une main franche.

« Alors, Alain, tu t'en sors bien. Je suis content. Comment vas-tu ? »

À certaines personnes, le jeu de la sociabilité donne un air bonhomme. Leurs traits s'élargissent. On découvre quelque chose d'eux. On pardonne beaucoup de choses à ceux qui ont un élan de sympathie. Pourvu qu'il soit sincère.

Les traits de Pierre-Paul restent trop figés pour être honnêtes. Ils lui donnent même mauvaise mine. Malgré son teint bronzé, des rides creusent son visage.

Je décide de ne pas baisser la garde de suite et de lui

montrer que moi aussi j'ai appris à cacher mon jeu. J'ai acquis une belle capacité d'endurance. Il m'est poussé comme par hasard une sacrée peau de crocodile.

Je l'ai observé, agile, manœuvrer en douce, avoir un mot pour les uns, pour les autres, se croyant indispensable. Il exécute un pas de danse autour de ce jeune joueur et veut exercer son charme sur ses parents comme il l'a fait sur les miens. Onctueux, faussement désintéressé, dégueulasse, resserrant déjà le lien autour de sa proie, je perçois en une fraction de seconde toute sa misérable inhumanité. Je ne vais pas lui faire de scène. Ce serait ridicule.

« Je vais bien, je reprends doucement. Mais je te laisse. Je dois aller me préparer. »

Et je m'autorise enfin à le regarder dans les yeux. Expérience étrange, puisque je ne m'étais jamais permis de le dévisager, de l'affronter en somme, et que lui fuyait toujours mes regards. Son excès de politesse affichant une trop ostensible générosité a le don particulier de m'énerver au plus haut point. Il reste à danser d'un pied sur l'autre dans son pantalon crème.

J'ai dit que je devais me préparer mais je demeure là. En m'installant bien en face de lui comme je prenais naguère position sur le court, je me recule un petit peu pour avoir une vision d'ensemble de ce terrain-là et de mon adversaire. Je peux constater que si la silhouette de Pierre-Paul m'est parfaitement familière, grande et déliée, à l'aise sur chaque terrain, son regard continue toujours de m'échapper. J'en comprends enfin la raison et elle est simple. Il ne reflète rien. L'orbite de ses yeux, si réduite, est vide. Pour la première fois, je déchiffre ce qui s'affiche devant moi dans toute sa béance : cet homme n'a pas d'âme.

Cinq ans auparavant, Pierre-Paul était tout pour moi. En une après-midi notre histoire vient de s'achever. Je m'ancre face à lui sans laisser un pouce de terrain. Pour une fois, pour la première fois en réalité, je prends l'initiative et j'ai le sentiment grisant de monter à la volée. C'est lui qui recule et s'apprête à partir.

Même s'il tient à garder son calme, une légère trace de sueur ruisselle sur son front. Le coup de chaud de la culpabilité sans doute. Lui que j'avais porté aux nues m'apparaît comme un minable. À bien y regarder, ce type n'a même pas été en son temps un bon joueur de tennis et, en tant qu'entraîneur, je sais depuis longtemps que ses exercices répétitifs dissimulent un manque d'imagination. Longtemps qu'il ne balance plus que des phrases toutes faites et des consignes stéréotypées. Son grand atout de bonimenteur, il le doit à son port altier du polo de marque et des mocassins à picots.

Ce n'est pas seulement qu'on se trompe sur les gens, c'est qu'on s'aveugle sur eux. Je n'avais pas vu Pierre-Paul pour ce qu'il était. Ce jour, il se profile sans fard. Face à moi, scellé dans la réalité et privé de l'auréole poudrée qui le protégeait, je l'ai identifié enfin.

Tentant le tout pour le tout, il s'avance vers moi pour me tendre encore sa grande main.

« Alain, tu as toujours été comme un fils pour moi. »

Il vaut mieux en rester là. Au lieu de lui saisir la main, je lui rends un vague salut et m'en vais. La plus belle revanche, je la prends sur son jeune prodige en lui faisant mordre la poussière.

6-3, 6-3, 6-0. Score sans appel.

6

Une drôle de tambouille. La méthode de Serguei mélange le respect de la discipline et du travail qui lui vient du bloc communiste et un art de l'auto-persuasion, entre confiance en soi et captation des énergies, très hindouiste d'inspiration. Mais le but reste le même. Gagner.

Il m'enseigne comment fonctionne le corps humain. L'anatomie est une grande machinerie dans laquelle se déplacent, selon ses dires, toutes sortes d'énergies, de forces hydrauliques, de flux contraires, de fluides. Je ne comprends pas grand-chose à son charabia mais je vois que lui y croit dur comme fer. Il m'explique comment utiliser la gravité et la résistance pour mieux activer mes muscles. Il m'invite à observer comment l'efficacité du service se dilue au fil d'un match ; quand la fatigue vient, qu'elle tombe sur vous, la plupart des joueurs ont de plus en plus de mal à se dresser haut sur leurs jambes et à rabattre la balle après l'extension du corps. Nous sommes sollicités, ajoute-t-il, comme un sprinter condamné à multiplier des faux départs pendant deux heures. Nous ne courons jamais. Nous nous lançons et nous nous arrêtons. Il n'y a pas plus désastreux pour le corps humain.

Je peux réaliser à quel point Serguei dit vrai. Et si mon sport, celui que je préférais, ce tennis qui m'a choisi plus que je ne l'ai choisi, n'était qu'alliance de frustration et de solitude ?

Au mental, Serguei opère en moi une profonde révolution. Il m'apprend que, dans certains cas, il suffit d'être calme et serein pour gagner. Toutes les balles n'ont pas à être gagnantes. Ce qu'il faut gagner, c'est le match. Si je suis en méforme, il ne faut pas le montrer. J'ai juste à être ce jour-là meilleur que le type qui est en face de moi. Si je mets toutes les chances de mon côté sans prendre trop de risques, je vais l'obliger à se dévoiler. Si je me contente de bien renvoyer la balle et de le faire se déplacer d'avant en arrière et de gauche à droite, il va comprendre que je veux le balader. Sûr qu'il va s'énerver. La plupart du temps perd celui qui s'énerve. Il faudra aller même plus loin et le contraindre, à force de renvois dans le court, à commettre le premier la faute. Ce qui fait l'intérêt du jeu n'est pas la technique mais la lutte de deux personnes. Une bagarre entre hommes et entre egos. Rien ne sert de viser la perfection pour son propre jeu – on souffre trop de l'excellence et cela ne sert à rien de poursuivre un idéal qui n'existe pas –, il est préférable de tabler sur les erreurs de l'autre. Tôt ou tard il tombera dans le filet. Tout ça, il me le sort en bouquet dans un sabir franco-anglais mâtiné d'accent russe.

Grâce à Serguei, je pars à la rencontre de mon sport. Pour lui, le corps est premier et l'intelligence de l'esprit seconde. Dans l'immense polymorphie des corps individuels, il sait reconnaître au premier coup d'œil le champion en puissance. Moi, il m'a élu. Il m'explique que ballons de foot, de basket ou de rugby, balles de tennis, la plupart des gens ne jouent qu'avec la balle. Celui qui se démarque des autres sait faire jouer le ballon avec lui. Le champion met le ballon au centre du jeu et son corps sait d'instinct s'adapter à lui. « Au tennis, c'est la balle qui commande », me répète-t-il indéfiniment. La force et la puissance, cela vient après. D'abord la technique du placement. Se tenir sur le court comme une façon d'être au monde.

Grâce à son enseignement, je sais identifier, avant même qu'il renvoie une balle, à la façon qu'il a d'occuper le terrain, quel adversaire j'affronte.

Serguei prend le temps de remettre mon jeu à flot et de faire redémarrer ma locomotive encrassée. Je lui en suis infiniment reconnaissant. Sans m'en apercevoir, à cause de cette cheville cassée, à cause de la trahison de Pierre-Paul, toute ma confiance s'était émoussée et, comme un édifice effondré qu'il faut relever pierre après pierre, je dois tout reconstruire.

Du fond du court, j'ai pensé durant des années avoir été en avance sur les autres et j'ai laissé filer le temps.

J'ai dix-sept ans. Il ne me reste plus qu'un an à évoluer en junior. Après ce sera trop tard ; les dés seront pipés. Le temps est venu de me dépasser si je veux encore être dans la course des champions.

Avec Serguei, nous travaillons sur la concentration et la décontraction, deux points, deux « focales » comme il dit, qu'il veut que j'exerce en même temps. Je ne suis pas certain que j'applique exactement ce qu'il me demande mais cela me fait du bien d'être soutenu.

Serguei n'hésite pas à venir sur le court pour me faire décomposer un mouvement et m'expliquer comment mon corps réagit du point de vue anatomique et où peuvent se trouver mes points de blocage. Pour la première fois, je considère mon propre jeu autrement et je « vois » ce que je fais.

Heureux de faire fonctionner mon propre corps, je peux enfin émettre sur le court un rire de satisfaction ou un soupir de contentement, expressions que je ne me serais jamais permises avant. Le fait de me relever d'une blessure et de redécouvrir mon sport sous un autre angle m'ouvre des perspectives. Je m'étonne moi-même d'être à ce point intuitif et inventif. À l'entraînement, mon corps se métamorphose dans le geste étudié. Et j'avance des coups que je n'ai jamais réussi à « passer » auparavant, comme s'ils étaient restés coincés dans ma raquette et qu'ils avaient désormais la possibilité de s'émanciper.

« Refais ça pour voir. Vas-y, refais. »

Le coup part.

Parfait.

Pleine ligne.

« Là, bien. Avec meilleure intention encore. À la fin, tu suis avec œil directeur. Allez ! »

Et je dois recommencer le coup en appliquant ce que Serguei me demande d'ajouter, sans perdre pour autant ce que je viens de découvrir d'inédit.

J'ai repris l'entraînement cinq fois par semaine et les tournois le week-end. Mes parents s'inquiètent pour le bac. Moi pas.

7

Ce n'est pas une refonte complète de mon jeu ou une rééducation sportive à proprement parler mais une nouvelle sensation dans le geste : mon revers plus lifté, mon chopé plus franc. Dans la souplesse et dans les plis du jeu, je découvre aussi quelques nuances qui m'avaient échappé. Je redécouvre les vertus de l'agrément que propose le jeu, c'est-à-dire une action libre et non imposée, quelque chose qui repose sur un ressenti et se passe en dehors de la vie courante et nous absorbe complètement. Je suis au travail et produis un grand effort, mais cela me semble gratuit et désintéressé. L'espace du court délimite les conditions du jeu et je ne veux plus le quitter. Ces éléments de répétitions, de refrains et de variations qu'aux commandes je peux guider avec ma raquette magique me font jubiler. J'ai retrouvé la joie et la passion qui m'avaient guidé enfant lorsque à Pornic je tapais mes premières balles sur un mauvais mur en crépi et un goudron où poussaient dans les interstices des plantes vivaces.

« Il a faim, le petit ! »

Éric passe une tête de temps en temps pour venir commenter mes entraînements. Depuis qu'il a eu ses dix-huit ans, il a choisi de « se retirer » dans sa maison, à la campagne. Le bac, il l'a planté. Mais il a assuré ses parents qu'il savait ce qu'il voulait faire. Il dit à tout le monde, fier de sa nouvelle trouvaille, qu'il veut être palefrenier. Il met tellement d'entrain dans ses paroles que beaucoup le croient.

Appréciant la qualité de mon revers qui joue au plus près de la ligne, Éric laisse traîner un sifflement d'admiration.

« On tape quelques balles ? Pas longtemps ? »

En quelques secondes il est en tenue et saisit la première raquette qu'il trouve. Sur des passings croisés ou des attaques de coup droit, je le déborde et il joue au petit vieux à bout de souffle ou au joueur malmené qui a perdu le contrôle du match. Je connais Éric, et je sais qu'il lui suffirait d'être plus régulier à l'entraînement et plus dur sur la balle pour de nouveau me dominer quand et comme il le voudrait. Ce que j'ai mis des années à découvrir, mon propre talent, lui le possède ancré en lui depuis le début. Mais comme un frère, comme un ami, il a cet élan spontané de se réjouir pour moi.

« Avec la dalle que tu as, tu vas les trouer ! »

Éric ne fait plus que quelques brèves apparitions en tournoi. Sans coach. Il a juste sa licence. L'essentiel de son temps, il le passe donc là-bas, dans sa campagne, avec ses chevaux. Il a décidé qu'il passera le bac l'année prochaine en candidat libre. Il me raconte qu'il est occupé du matin jusqu'au soir. Que les bêtes ça demande du soin. Que ça ne le laisse pas dormir. Je ne demande qu'à le croire mais je le connais. C'est lui l'animal. Et je l'imagine tourner entre les murs de ses grandes pièces comme un lion en cage et mettre un grand désordre partout.

Étonnamment, chaque fois que je me rends chez lui, le lieu est calme et bien rangé. Paisible. Réussissant à lui faire comprendre qu'il n'est pas très sérieux, de peur d'une chute, que je monte Crocodile, il ne s'en offusque pas. De toute façon et quoi qu'il arrive, il me garde mon cheval pour mes vieux jours. Le soir, nous regardons des cassettes de matchs sur le magnétoscope. Il fume un cigare. Ses parents ne sont pas là. Il ne m'en parle plus.

Pour les tournois, je suis fin prêt. Serguei a pu m'inscrire à des compétitions sur terre battue afin de retrouver mes marques et me faire les dents. Il veut me relancer dans le grand bain. On repart en province.

Je suis de nouveau dans le circuit. Et il n'y a pas plus jouissif que d'« en être ». Je retrouve ce monde que je jalouse d'avoir pu tourner sans moi. Je gagne des points et remonte vite au classement. Je ne suis pas encore entré dans les cent premiers juniors, mais si je mène bien ma barque, si je remporte tous mes matchs, je pourrai peut-être intégrer un Pôle Espoir et m'ouvrir aux tournois des Futures, Challengers. Il se raconte au club que des parents ont investi des fortunes familiales ou hypothéqué leur maison pour entourer leur progéniture d'un staff complet, comprenant l'entraîneur, le médecin, le kinésithérapeute et l'ostéopathe, voire le préparateur physique et, dernier apparu, le coach mental. En tournoi, les joueurs doivent prendre en charge les frais de déplacement, et parfois aussi d'hébergement et de restauration quand ils ne sont pas invités par l'organisateur. À ce prix-là, gagner devient moins une nécessité qu'un impératif.

N'était cet accident qui m'a éloigné des circuits pendant quelques mois, j'ai pour l'instant réalisé un beau parcours. Mais je suis loin du compte. Il y a un âge, même jeune, où l'on s'aperçoit que l'horizon se réduit. Je dois passer à la vitesse supérieure si je veux vivre du tennis.

À mes côtés, Serguei me booste. Son énergie est communicative. Avec sa terrible manière de manger les mots, tout n'est pas sibyllin dans son propos mais son enthousiasme est réel. Quand j'applique bien une consigne, *a fortiori* quand je remporte un match en suivant ses conseils, il déborde de joie et se met à sauter dans tous les sens. Ce curieux contraste, cet étonnant mélange entre la rigueur de son travail et l'expression débordante de ses émotions, attire l'attention sur nous. Notre tandem est partout bien connu.

Selon lui, je possède un jeu propre, techniquement irréprochable et, tel un petit virtuose, je sais jouer n'importe quelle partition. Mais des petits virtuoses, Serguei, il en a vu là-bas, dans les pays satellites. Il sait, du moins s'efforce-t-il de me l'expliquer, que ça ne suffit pas de bien savoir jouer.

À qui veut l'entendre il explique qu'il faut du temps au corps pour s'affranchir de ce qu'il connaît. Apprendre un geste et bien s'en servir peut prendre toute une vie.

« Mais quelque chose se passe dans tête aussi. Toi comprendre ? »

Je me sens à la fois vieux et renaissant. J'ai failli être exclu de la partie et maintenant je reviens en force en sortant coup sur coup des double six sur la table de jeu. Pour vraiment bien jouer, il faut coïncider avec le moment présent et faire fondre l'espace et le temps. Ne faire qu'un avec le jeu. J'ai enfin compris. Je suis résolu à tout donner.

8

J'enchaîne tous mes matchs sur un petit nuage. Je n'apparais plus qu'avec Serguei, qui projette son ombre sur moi en allant se placer par superstition toujours au même endroit en tribune, un rang au-dessus des bâches. Les mains en or du kiné qui sait précisément où j'ai mal plaquent sur mes cuisses une bonne gâche de Décontractyl. Mon fond de jeu est totalement revenu, enrichi de nouveaux coups.

Bon concertiste, mon récital est au point. Mais à la moindre fausse note, à la plus petite dissonance, l'harmonie se trouve brisée et l'écoute de mon jeu perdue. Il n'y a pas plus terrible que de sentir que le public vous échappe. Plus qu'il ne le sait, il me pousse à tenir. Et parfois à vaincre. Je joue pour moi et aussi désormais pour les autres. Pour être reconnu et respecté.

On dit que le tennis est le sport le plus solitaire qui soit. C'est sans doute vrai. Mais il s'agit d'une solitude étrange puisque vous êtes sous le regard de tous et que vous ne pouvez vous soustraire à ce spectacle. Je me souviens que lorsque McEnroe avait échoué contre Lendl en finale de Roland-Garros, le premier réflexe qu'il avait eu pour dissimuler sa honte et fuir le regard obscène des spectateurs contemplant sa défaite, lui à qui la victoire était promise, avait été de cacher son visage sous sa serviette portée comme un mince filtre contre le monde, frêle armure, alors que les photographes s'agglutinaient de plus en plus autour de lui pour prendre des clichés vendeurs.

Moi aussi, un jour, après neuf victoires consécutives, je perds un match que j'aurais dû gagner. Je trouve protection sous ma serviette-éponge pour libérer mes pleurs. Mais je ne suis pas en finale d'un Grand Chelem et le public est quasiment absent. Il n'y a donc pas que le jeu, le talent, les bonnes rencontres, les dispositions favorables, une condition physique irréprochable, les milliers d'heures d'entraînement, la lutte contre la fatigue, la prévention des blessures, la hargne de vaincre, la chance de jouer au bon moment et la main qui ne tremble pas sur les coups décisifs pour l'emporter, il y a la capacité à endurer en toutes circonstances le regard, c'est-à-dire le jugement des autres.

Quand il vous a choisi et élu pour des raisons qui demeurent insondables et relèvent du mystère des affects, le public peut vous porter jusqu'au bout. Il a choisi son camp et entend, à travers vous, construire un personnage de héros, et il est rare qu'il en change. Il désire tellement votre consécration qu'il en devient injuste envers votre adversaire. Fervent et irrationnel dans son comportement, vous portez le fardeau arbitraire de son choix et la supposée justesse de ses intentions morales. Vous êtes le bon et celui d'en face le méchant. Le spectacle peut commencer. Encore faut-il qu'il convienne au public. Si la bataille est trop commode, il n'en tirera pas d'enthousiasme ; si elle est trop brouillonne, son choix sera indécis. Il lui faut un spectacle parfait avec sa scène d'exposition, son conflit apparent et nombre de péripéties dramatiques comme autant de revirements de situations pour qu'enfin le destin frappe et s'accomplisse selon le sens qu'il lui avait assigné, la victoire de son champion au prix d'une lutte dantesque qui l'a fait vibrer, lui, dans son fauteuil. Comme par hasard, les grands matchs sont de grandes tragédies. Dès votre entrée sur le terrain, j'allais dire en scène, on vous a attribué un costume et un discours à tenir. Mais demain cela pourrait être le contraire et les choses, comme les rôles, se retourneront. Favori un jour, disgracié le lendemain.

Avec mon jeu de renvoyeur inlassable, je n'attire pas particulièrement à moi les faveurs du public, de plus en plus friand des assauts spectaculaires des joueurs de volée, mais comme mon jeu se libère et que je sors des coups surprenants, je commence à avoir quelques *aficionados*.

Grâce à Serguei qui a bien manœuvré pour que j'y sois, je suis invité à un tournoi exhibition à Stuttgart sur courts couverts. Je profite de la désaffection d'un joueur et de la blessure de sa doublure. Serguei a convaincu les sponsors.

On part tous frais payés, c'est la première fois. Nous dormons dans un bel hôtel. Petit déjeuner à volonté et grosse épaisseur du matelas. Tous les garçons qui sont là trouvent cela normal. J'essaie de me mettre au diapason et feins l'indifférence blasée. Je suis toujours un inconnu aux yeux du grand public mais je me vois dans la peau d'un futur pro du tennis français et, qui sait, un futur poulain de l'élite mondiale. Il n'y a pas d'enjeu dans cette rencontre dont les profits sont reversés à une association caritative. L'idée, c'est de faire le show et de mettre en valeur la beauté du jeu. On apprécie mon tempérament calme et mon sérieux. On me demande juste de briller grâce à l'excellence de ma technique.

En rentrant sur le court, même si l'atmosphère est à la décontraction complète, voire à la rigolade, j'ai une petite pointe d'appréhension. Je suis sur la photo, je fréquente vraiment pour la première fois le gotha des premières séries et je me sens pousser des ailes. Sur une démo contre un top 10, une sorte de petit numéro s'improvise avec mon adversaire. Chaque fois qu'il monte à la volée, je le trucide d'un passing ou d'un lob. Le public se marre et est à la fête. Ma virtuosité est saluée par des salves d'applaudissements. Dans le but de reprendre le dessus et de s'attribuer les faveurs qui lui sont légitimes, mon adversaire me claque quelques aces d'affilée sous le nez, histoire de montrer qui est vraiment le patron.

Au vestiaire, il vient vers moi et me congratule d'une

bonne tape sur l'épaule et passe vite à autre chose. Il espère sincèrement qu'on se retrouvera sur le circuit.

« *You have a great drive. Good luck for the future.* »

9

La semaine suivante, je suis inscrit dans un tournoi en Belgique labélisé ITF World Tennis Tour. Il appartient au grade 2. On s'approche des tournois Grand Chelem. J'ai beaucoup d'appréhension au premier tour à cause de l'enjeu qui pèse sur moi et de l'excitation particulière du public. La tâche est plus grande, je le perçois. Je passe un tour, deux tours. En quart de finale, j'affronte un Italien de seize ans première série et figurant dans le top 100 junior. C'est le mieux classé que j'aie jamais joué.

Premières balles, mes jambes sont lourdes et je trouve que mes membres répondent mal, comme s'ils étaient retenus ou engoncés. Je ne suis qu'à cinquante pour cent de mon niveau. Dans les vestiaires, je me suis bien concentré mais peut-être que je n'ai pas assez respiré. Nous avons fait le point avec Serguei. Sa consigne est de jouer les points les uns après les autres. Pas de tactique d'ensemble, seulement se focaliser sur le point à jouer. De l'oublier une fois passé. Et de recommencer. Le présent, uniquement le présent. Serguei comme moi savons que c'était le secret de Borg.

Mais ça ne marche pas avec moi. J'ai beau être attentif et concentré, et ignorer mon adversaire, je lui cède les deux premiers sets. Il joue mieux que moi. Seulement, de manière surprenante, à l'entame du troisième, deux fois de suite, il enchaîne les doubles fautes. Je mène 0-30 sans avoir eu à renvoyer une seule balle.

En un rien de temps, il se produit quelque chose de mystérieux. Au set précédent, il dégageait tellement de force et d'assurance que je le croyais imbattable et, à présent, je n'ai même pas à jouer pour qu'il s'effondre tout seul.

Il vient encore de rater une balle. Je fais le break. Et sur mon service à suivre, tout passe. Je vais remporter ce match ! Je le vois, je le sais. Ce n'est pas la chance qui est revenue dans mon camp, c'est la certitude. Et personne n'est mieux placé que moi pour savoir ce que ce gars éprouve à ce moment précis : il déglutit mal, ses jambes sont trop lourdes, il va compenser sur le prochain point par la force et par la rage en se ruant sur la balle. Qui va échouer dans le filet. S'il monte à la volée comme on monte au front, je vais le clouer sur un passing. Multipliant les fautes, il rate des points évidents. La colère gronde en lui. Je pourrais entendre les injures qu'il profère intérieurement, nous avons tous les mêmes. « Mais quel con ! Quel con ! » Il se maudit. La roue tourne en ma faveur. Le doute l'a envahi. C'est un goudron sombre qui repeint son âme et dont il n'arrive pas à se dépêtrer. Il a peur.

Je lui reprends un set. Puis deux. Reste le troisième à jouer. Il est complètement à la dérive. Il pense que ce n'est pas possible, qu'il vit en plein cauchemar. Mais attention il veut se reprendre. Il le doit. Je sais ce qu'il se dit. Il ne peut pas perdre contre un mec comme moi. Il croit que je suis bien en dessous de son niveau. Je ne le mérite pas. Il me déteste mais surtout il a honte de lui. Perdre d'entrée contre un quasi-inconnu. Un crime.

Il s'appuie systématiquement sur mon revers. Il croit qu'il va faire céder ce verrou. Après plus de deux heures de match, je glisse encore sur le terrain et renvoie pleine puissance, autant de coups de gourdin qui l'enfoncent. Il a un peu de chance sur une volée et réussit une amortie que je ne vais pas chercher. Je sais que ce n'est pas suffisant pour qu'il revienne dans la course. Il est dans le gagne-petit. J'ai fait le break, je le distance. Il tente un slice une fois et je me débrouille pour jouer gagnant juste derrière. Je veux qu'il comprenne qu'il ne s'en sortira pas en jouant la carte de la prudence. Il est trop tard pour revenir à une technique défensive. Il a brûlé tous ses vaisseaux. Il est à poil. Il perd.

Tout se précipite en un clin d'œil. Arrive une balle de match. Sur son service. Le temps s'arrête. Je peux gagner sur ce coup-là. Après les milliers de renvois de balle, tout va se jouer sur un seul coup ! Il ne faut pas penser que la chance pourrait se retourner contre moi comme elle l'a quitté tout à l'heure. Il faut la saisir. Cette chance ne se représentera peut-être jamais. C'est maintenant ou jamais. « Allez ! »

Balle de match.

Je ne dois plus laisser aucune opportunité à mon adversaire. Je sais que j'ai évité le pire. Je me suis battu et j'ai remonté la pente. Tant qu'il me tenait sous son joug, j'ai frôlé la mort. Depuis que j'ai repris la main, je respire mieux, je joue mieux. Son corps, je le tiendrai au-dessus d'un trou béant et je le lâcherai. Il n'aurait pas dû m'épargner. Je ne lui ferai pas de cadeau. Je dois deviner de quel côté il va servir sur la balle de match. Aura-t-il le culot de forcer ? C'est un putain de gaucher capable de croiser des deux côtés du carré pour me faire sortir du court.

Je dois respirer, laisser venir.

J'adopte une position d'attente très basse en me reculant au maximum derrière la ligne de fond.

Moi, je ne désire qu'une chose : taper la balle et m'appliquer à user l'adversaire, le contenir puis le déborder. Qu'il soit sous mon joug, que cette vie ne soit plus qu'un match infini, un chemin semé de péripéties et de retournements de situations.

Mentalement, je m'encourage et prie pour ne pas me tromper de tactique. Je n'espère pas qu'il rate son coup. Je veux pouvoir lui renvoyer la balle et que l'échange commence.

Il met en jeu sur mon revers. Je renvoie longue ligne et me place au centre du court. Il continue de jouer sur mon revers. Je frappe plus fort. Il revient sur mon coup droit. Je perçois en une fraction de seconde qu'il est en retard sur son placement, un espace s'est dégagé dans le couloir. Je prends la balle très tôt et très haut, en avançant. Le coup fuse, la mer Rouge s'ouvre sous mes yeux.

Point gagnant.

Jeu, set et match.

Je ressens une grande vague de chaleur m'envahir. Se mélangent en moi l'ivresse de la fatigue et le bonheur du soulagement. Échappant à tout commandement, mon corps choit au sol. Mes bras s'ouvrent en croix et je contemple le ciel. Comme je perçois les applaudissements du public, je me ressaisis et m'empresse d'aller saluer mon adversaire. J'essaie de comprimer les rayons d'extase qui cerclent mon visage pour calfeutrer cette joie qui m'inonde où lui ne saura lire, comme dans un miroir inversé, que le reflet de son infinie déception. J'aurais presque l'attention de lui témoigner un geste de compassion parce que je pressens une chose que seuls lui et moi savons, c'est qu'une victoire, même si elle vous comble, n'égale jamais en joie le mal qu'une défaite peut vous faire. Il paraît que dans la vie on oublie les mauvais moments pour ne garder que les bons. Je ne crois pas que cela soit possible en tennis. On conserve à jamais le goût amer d'une défaite. Le tennis n'a rien à voir avec le destin et tout avec la persévérance. Mais cette victoire-là, je ne suis pas près de l'oublier. Je viens de disputer le match le plus important de ma carrière. J'ai entrouvert le rideau donnant sur une arrière-salle où se découvre la table de jeu des vrais pros. Et c'est là que je vais prendre place. Je viens de sortir un top 100 junior. Je fais partie des grands.

10

Cette victoire change ma vie. Plus que jamais, mon rêve est là, à portée de main. Au club, tout le monde est au courant de ma victoire et arrive pour me féliciter.

Deux filles de mon âge se sont inscrites la semaine dernière. Je les connais de vue. La grande avec sa barrette dans les cheveux est sortie avec un garçon de ma classe, je crois. Elles jouent le mercredi soir sur le court d'entraînement tout proche du mien et viennent me demander des conseils pendant que je m'échauffe. J'ai pas trop de temps. La grande veut savoir comment on devient un champion. Elle me tient la jambe. Avec sa jupe neuve et ses tennis immaculées, l'autre ne dit rien. Elle reste dans son coin. Quand elle finit par s'approcher pour nous écouter, j'essaie de deviner les traits de son visage qu'elle cache en baissant la tête.

Petite brune, peau blanche, les cheveux ondulés, dès qu'elle lève ses yeux noirs vers moi, instinctivement je me redresse. J'ai presque une stature d'homme maintenant. Elle me plaît, c'est évident. Il me prend le culot de leur laisser le numéro de téléphone de la maison. Elles peuvent m'appeler quand elles veulent pour que je les conseille au sujet de l'achat d'une vraie raquette. Les leurs ne me paraissent pas adaptées.

Un soir, la fille aux yeux noirs me contacte par téléphone après le dîner. Ma mère me tend l'appareil avec un franc sourire, comme si elle espérait cet appel pour moi depuis longtemps. Je tire au plus loin le fil du téléphone en prenant au passage, sur mon bureau, un catalogue spécialisé de matériel de tennis. Je ne connais même pas son prénom. Notre conversation est entrecoupée de longs silences.

« Mercredi prochain, tu pourrais lui proposer de l'emmener quelque part. Lui payer un ciné, un bowling, traîner dans un café. » Ma mère m'encourage. Mais quoi ? Je ne sais rien de cette fille qui de son côté, quand je l'ai au bout du fil, ne me dit pas grand-chose. Elle s'appelle Sarah. Sur toute une soirée, je me demande de quoi nous pourrions parler. Je ne sais pas faire. Et je ne veux pas. Il faut que je reste concentré sur mon jeu. Mes posters de champions sont encore là, punaisés aux murs. Et c'est toujours avec eux que je m'endors.

Au fond, il n'y a que le tennis pour me montrer à quoi peut ressembler la vie. Ce n'est que quand je suis sur un court avec ma raquette balayant le sol derrière la ligne de fond de court prêt à réceptionner le service, ce n'est que quand je suis prêt à lire sa trajectoire et rentrer dans la balle de l'adversaire que je me sens bien. Enfin je suis pleinement en vie. Le reste du temps, je peux le dire, est du temps perdu.

Ainsi la loi du tennis est-elle impitoyable. On s'entraîne, on suit des régimes diététiques stricts et une préparation physique intense qui nous pousse à faire des entraînements d'après-match, histoire de montrer qu'on en avait encore sous le pied. Sur un tournoi on peut gagner six matchs d'affilée sans concéder le moindre set, on peut être au meilleur de sa forme et tout réussir en serrant sa raquette, en pensant qu'elle est une arme et qu'avec elle on devient invincible, on peut croire qu'on commandera à la petite sphère jaune de caoutchouc et de feutre pesant exactement cinquante-sept grammes et n'entrant au contact de la raquette que durant quatre millièmes de seconde qu'elle ira exactement où l'on veut ; mais vous aurez beau être applaudi et soutenu, si vous échouez en finale, votre nom ne figurera nulle part. Vous remportez tous vos matchs, n'en perdez qu'un et la seule liste sur laquelle vous figurerez est celle des perdants.

Il ne me manque plus qu'une marche à gravir en remportant un tournoi ITF junior. Mon histoire d'amour avec le tennis, qui était empreinte d'un trop grand respect et d'une grande sacralisation, sort de sa période de chrysalide pour éclore pleinement. Je dois entrer dans mon âge d'or.

À l'aube de mes dix-huit ans, je me vois déjà appelé par le Pôle France pour la Coupe Davis. Être reconnu pour la qualité de mon jeu, la régularité de mes performances, ma forme physique irréprochable et mon mental à toute épreuve, entrer dans le saint des saints. Après mon exploit en quart, je ressens s'abattre sur moi une grande fatigue contrebalancée par un sentiment d'exaltation. En sortant un top 100, je suis passé de challenger à favori. Serguei reste curieusement calme. Un match après l'autre, ânonne-t-il.

Dans les coursives du stade, je croise un homme dont le survêtement est orné sur le devant du coq gaulois et à l'arrière des lettres « France ». Il enfle dans mon champ de vision. Monsieur Charly, cheveu dru coupé court, avance et me félicite.

« Alain Fromentin. »

Il prononce et détache bien chaque syllabe. Il a su pour ma cheville. Il trouve que j'ai du cran, que c'est bien ce que je fais. Que j'ai bien progressé depuis la dernière fois qu'on s'est rencontrés. Il voyage en compagnie d'une petite délégation du Pôle France, m'explique-t-il, qui supervise un groupe de juniors très prometteurs. Pas un mot sur Pierre-Paul. Il est très à l'aise et continue de me répéter que j'ai fait du bon boulot cette année. Il m'a vu ici, il m'a vu là. J'en suis le premier étonné, moi qui ne l'ai aperçu nulle part. Il ne me pose pas de questions sur mes récents résultats, cependant il est au courant de tout.

Mal à l'aise, je tente de baragouiner quelques phrases polies. Il ne doit rien comprendre et, me dévisageant franchement tout en me tenant l'avant-bras, il me déclare d'une voix douce et posée, un peu rieuse :

« On se reverra. »

Si je gagne demain, ce sont les portes du Pôle France qui s'ouvrent à moi. De voir Monsieur Charly là, aujourd'hui, est un signe indubitable. Je me repasse la scène de sa main sur mon avant-bras quand il a prononcé mon nom. Ces mots, « On se reverra », veulent tout dire.

Je voudrais le rattraper pour lui montrer ma gratitude et exhiber ma force. Alors il saura que je vais tout donner pour être à la hauteur de cette chance qui m'est offerte. Toute ma vie converge vers ce point. Une vague de bonheur, un émoi chaud et grisant, se répand en moi. Cet élan me fait décoller de terre. Je vais voler pour la première fois. Je me prends à rêver que je soulève le saladier d'argent. Un rêve éveillé, très clair, très construit. Comme une prémonition.

J'attends le nom de mon adversaire en demi-finale. Ça se joue en ce moment. Serguei observe l'évolution des joueurs sur le central, un set partout ; je suis censé être en salle de repos avant d'aller au massage. Je joue demain. Ce soir, il faut dormir. Demain, bien s'alimenter. Rien d'autre à faire.

11

Moment de vérité pour mon entraîneur, d'éternité pour moi. On se quitte à 21 heures en se disant bonne nuit. Mon adversaire du lendemain pour la demi-finale est un habitué des circuits. Dix-sept ans, gros cogneur, plus de soixante-dix kilos. Roux. Déjà titré. Modèle britannique. C'est le moment de savoir si la méthode stakhanoviste New Age de Serguei est efficiente. Et moi si je suis un champion, un vrai.

Pensant qu'il n'a pas tout dit, Serguei revient toquer à ma porte. J'ai débuté dans le tennis en pensant que je devais jouer chaque match comme s'il était le dernier. Serguei me convainc en quelques mots du contraire. Chaque match doit être joué comme si c'était le premier.

« Demain, tu t'amuses, Alain. »

Facile à dire. J'aime mon sport, je ne sais faire que ça dans la vie, au grand dam de ma mère qui trouve que je devrais rappeler Sarah et penser plus à ce qui se passe autour de moi. Mon père n'en dit pas plus mais il m'a fourré l'autre jour un billet dans les mains. « Tiens, pour toi, m'a-t-il lancé. Paie-toi un truc, va faire un tour avec quelqu'un. » Cette année, sans qu'ils le sachent vraiment, j'ai presque laissé tomber le lycée. Au bac, j'irai tenter ma chance au culot.

Le truc que je trouve aberrant, ce sont ces matchs que j'ai perdus bêtement. J'y reviens en boucle. Combien de fois ai-je juré que je ne rejouerais plus à ce jeu exécrable qui me bouffe la tête et le corps, ce soi-disant jeu où toute victoire est vite oubliée mais où chaque défaite te hante éternellement ? On s'étonne presque de gagner au tennis mais on s'en veut à jamais d'avoir perdu. On ne se pardonne rien au tennis.

Et tout ça pour quoi ? Pour ne jamais vraiment gagner justement puisque dans ce maudit manège des tournois on finit toujours par se faire sortir, à un moment ou à un autre. Cette fois, j'irai jusqu'au bout. Le top 100 m'attend. Je suis prêt à tout : profiter des faiblesses de l'autre, jouer sur ses défauts, camoufler mon propre jeu pour sortir un coup de massue, laisser filer quand c'est nécessaire, faire croire à un problème de raquette, m'aider de tout ce qui est légalement à disposition – les boissons énergisantes et les pommades miracles –, étudier la vitesse du vent et la course du soleil (pour la première fois de ma vie je chausserai une casquette à visière au besoin), masquer mes intentions et ne jamais laisser paraître que je suis épuisé et prêt à rendre l'âme alors qu'à l'entame d'un dernier set, je voudrais tout arrêter et jeter ma raquette, là, sur le terrain, et m'en aller très loin pour ne plus jamais me présenter sur un court.

Mon problème est que je suis un cérébral, un joueur gangrené par la gamberge. Éric ne se pose pas autant de questions que moi quand il joue et dort toujours très bien.

Forcément, je ne trouve pas le sommeil. Je tourne et retourne les choses dans tous les sens. Je me lance dans des calculs de probabilités. Dans un demi-sommeil j'entends la voix de Serguei qui m'explique que le tennis est l'art de faire et défaire sans fin le monde. La petite balle jaune joue sur la grosse boule bleue, l'univers n'est que question de trajectoires et d'ellipses semblables aux longs échanges que nous pratiquons sur le terrain. L'idéal du jeu est de ne faire qu'un avec le monde.

Top 100.

Top 10.

Tête de série.

Je m'endors sur un rêve de consécration, et cette gloire ne me paraît pas illégitime mais tout à fait logique au regard de ce que j'ai donné à chaque moment dans chacun de mes gestes. Demain je n'ai qu'une envie, ne plus être le rameur besogneux qui fait courir les autres et, pour une fois, prendre le risque de l'offensive : contre toute attente, monter à la volée. Je veux être des grands de ma génération. Je vais jouer un tennis libre. Je vais m'affranchir. Passer ce tour et remporter la finale.

Mais suis-je vraiment prêt ?

Je me réveille en sursaut. Je crains que ma blessure à la cheville ou ce fond de jeu trop défensif, ou le fait de n'avoir vraiment commencé le tennis qu'à dix ans, ou l'abandon de Pierre-Paul, ou le manque de confiance en mon revers pleine ligne, arme décisive que je sors trop peu, puissent, par leur effet retard, me marquer de leur malédiction demain.

J'ai appris que le premier stage du Pôle Espoir de l'équipe de France junior commençait dans trois semaines. Si je gagne, j'en suis, c'est certain, Monsieur Charly m'appellera directement.

« Fromentin, qu'est-ce que vous faites le mois prochain ? »

Je reste dans mon lit en état d'apesanteur, de fièvre et de fierté. J'ai le sentiment que demain justice me sera enfin rendue. Puisque ma jeunesse m'a été volée par le tennis, je réclame au tennis qu'il exauce mon vœu. Cette piqûre d'orgueil travaille ma chair de l'intérieur et m'empêche encore de trouver le repos.

Quelle heure est-il ?

Ne pas regarder.

12

Deux semaines avant le tournoi, alors que Serguei me poussait à lever le pied, j'ai poursuivi mon entraînement dans son dos en mélangeant des exercices de frappe au mur et de longues sorties footing sur l'asphalte.

J'ai mal dormi mais je suis ce matin en pleine possession de mes moyens. Je sécrète tellement d'endorphines que je me sens flotter au-dessus des choses. Je n'ai pas de vie sentimentale, ni d'activité sexuelle. J'avale deux petits déjeuners. Toute la sève que j'ai en moi, je la conserve. J'observe cette vieille croyance qu'ont longtemps partagée les boxeurs, les cyclistes et les footballeurs selon laquelle il faut tout garder en soi pour préserver sa force. Éric trouve ça débile. « Fais pas le con » ; « Tire un coup » ; « Elle a l'air bien cette petite Sarah ».

Au moment d'arriver au stade, deux heures avant le match, une étrange douleur me poignarde. Je n'ai jamais rien ressenti de tel. Un autre corps dans mon corps me parle. Il supplie que je l'écoute.

Je me rends à la table de kiné et travaille ma respiration, persuadé que ça va passer.

On commence dans une heure...

Dans trente minutes.

Dix minutes.

Cinq.

Je dois y aller.

J'entre sur le court. Je perçois les applaudissements du public et leur attente. Le Britannique salue la foule en professionnel. Il est sponsorisé des pieds à la tête par le même équipementier. Je garde le front baissé. Ils sont là pour assister à un beau match. Ils veulent jouir pleinement d'un spectacle. Ils veulent que les deux joueurs se disputent la victoire comme des chiens, que chaque prise de risque soit une déclaration de guerre. Ils veulent nous voir passer de gentlemen courtois à charognards qui se haïssent. Nous voir grogner comme des animaux sauvages, hisser la raquette vers le ciel comme un glaive.

Demi-finale. Grand tournoi. Les choses sérieuses. La foule s'y connaît, elle tambourine du pied, elle-même rendue à sa nature tribale et primitive. Quelque chose vient de plus loin que le jeu. Un duel.

On échange quelques balles de fond, puis on se présente au centre du court. Je gagne au tirage au sort le service. Bon augure. Je sers et je remporte facilement mon jeu. Je suis bien réglé. Je suis le Français inconnu qui va créer la surprise. Ils vont parler de moi. Le public commence à saluer deux beaux points d'affilée. L'ambiance est encore détendue, assez joviale et récréative. Nous sommes dans le match, les spectateurs pas encore.

Je joue coup sur coup deux accélérations de revers qui touchent pleine bande et qui sont confirmées par les juges de lignes. Des éclats d'admiration dans les tribunes viennent jusqu'à moi. Le grand roux reste scotché sur ses talons tandis que, à sa place habituelle, Serguei saute comme un cabri.

Au milieu du set, alors que nous faisons course égale mais que nous sommes encore à nous jauger au lieu de nous battre vraiment, je ressens de nouveau une grande douleur. Pas une douleur. Plus que cela. Une paralysie. Je laisse filer le jeu et je me rends vers ma chaise. D'un geste, je demande à l'arbitre l'interruption de la rencontre. Mon entraîneur a compris que quelque chose avait dévissé en moi. En moins de temps qu'il ne faut pour le dire, il est à mes côtés. Au passage, il ramasse ma raquette abandonnée par terre près de la ligne du couloir.

Tout va très vite. Le public comprend qu'il se passe quelque chose d'anormal. Une rumeur circule entre les rangs. Mon adversaire et son coach ont la tête levée vers la haute chaise de l'arbitre en attendant une décision. Un médecin vient. Il y a encore un moment de flottement. Puis plus rien.

Je sais que c'est grave. Je me sens soulevé et soutenu

pour marcher à petits pas. Serguei et le médecin me font quitter le court.

Le tennis m'a abandonné.

J'ai explosé en vol.

Surpris, certainement déçu par le spectacle mais répondant au code d'honneur sportif, le public applaudit ma sortie, ne comprenant pas ce qui a pu se passer.

Au vestiaire, je ne peux plus me lever, ni parler. Rien dans mon corps ne répond plus. Je sombre en moi.

Quand je réussis à récupérer un minimum de force, je découvre Serguei à mon chevet et une tripotée de médecins qui ne vont pas tarder à faire le même constat : je fais une magnifique périostite, souffrance de l'os en lien avec un surmenage sportif, plus communément appelée « fracture de fatigue ».

On me fait un check-up complet qui confirme le diagnostic. La scintigraphie et l'IRM qu'on pratique sur mon pied gauche révèlent une microfissure du deuxième métatarse, l'œdème est déjà très apparent. On découvre en plus au niveau des genoux une lésion méniscale qui n'a rien de réjouissant. Un jour le ménisque de mon genou gauche cédera si je continue. Et les ligaments antérieurs croisés du droit ne sont pas mieux. Tous mes tendons sont bousillés à cause de ce foutu revêtement en asphalte. Aucune opération possible, aucun remède magique, la guérison ne pourra venir qu'avec un repos complet. Quarante-cinq jours de béquilles obligatoires sans poser le pied par terre. Oui, si ça me fait plaisir, autant de séances de glaçage, de drainage, de surélévation que je veux. Tout ce qui me fera plaisir à partir du moment où je ne pose plus un orteil par terre. On en profitera pour soigner aussi mon épaule. La coiffe du rotateur est en train de sortir de son axe, et cela aussi, je le paierai un jour.

Depuis que j'étais revenu, je ne m'étais jamais senti aussi bien. Jamais je n'avais mieux compris ce qu'était mon sport. J'avais retrouvé la grâce, ce domaine de l'extase si capricieux. Je savais dès l'instant que je déclenchais où la balle allait rebondir. Je peux même affirmer que je n'avais plus besoin de le savoir ; l'action se faisait sans moi. J'aurais pu jouer mes coups les yeux fermés, je le jure. J'avais retrouvé cet état sublime qui est au-delà du jeu : être « dans la zone ».

Éric apparaît dans le cadre de ma chambre d'hôpital. Il est venu dès qu'il a su, les bras chargés de mes magazines de sport et d'un boîtier plein de fils que, par un jeu savant, il branche les uns aux autres pour les relier au téléviseur de l'hôpital.

Puis il me tend une des manettes de jeu et garde l'autre en main.

« Tiens, tout chaud sorti de chez Atari. Ils l'ont sobrement appelé “Tennis”. »

Prenant place à côté de moi sur le bord du lit, tandis

que l'écran s'enflamme progressivement d'une lumière verte éblouissante, il me montre comment le jeu fonctionne :

« Tu peux régler ici la vitesse de jeu et la puissance du renvoi là. Le seul truc nul, c'est que tu peux pas monter au filet. Mais toi, Crocodile, ça devrait pas te gêner. Allez, pousse-toi un peu, je vais te mettre une raclée. »

Nous jouons deux heures ensemble, obnubilés par le jeu, aspirés par l'écran. Au final, je l'emporte. Éric laisse tout le matériel branché et promet qu'il viendra demain prendre sa revanche. Et qu'il ne me fera pas de cadeau !

Je somnole durant une partie de l'après-midi. Avant la fin des visites, Serguei se présente. Il ne me fait pas de reproches. Il m'a ramené mon sac, trois raquettes Dunlop, ma veste de survêtement que j'avais laissée derrière moi et qu'il a soigneusement pliée, ma gourde en plastique et mes embouts de protection. Il dispose le tout soigneusement dans un coin de la chambre. Ce matériel ne demande qu'à servir.

Dès qu'il avance vers moi, je l'interroge sur Monsieur Charly. Il doit m'appeler pour le stage avec le Pôle France. Il faut lui dire de m'attendre. Lui promettre que je reviendrai. Ce n'est pas possible. Les choses ne peuvent pas s'arrêter là. Je fréquente les courts de tennis depuis l'enfance et j'ai le sentiment que je viens à peine de commencer à jouer. J'ai encore tant à prouver.

« Ce n'est pas foutu, hein, Serguei, ce n'est que le début, n'est-ce pas ? »

Refermé sur moi, prostré, aucune larme ne sort. Mon cœur est sec. Il vit un chagrin qui s'exprime sans pleurs et sans cris. Je suis d'une étrange lucidité. L'œil confiant mais la voix implorante, je ne pose qu'une question à Serguei, la seule, essentielle :
« Demande, demande quand est-ce que je pourrai rejouer. »

QUATRIÈME PARTIE

1

Avec mon éloignement des terrains pour fracture de fatigue, j'ai eu le temps de passer un bac éco que j'ai obtenu. Sans mention, mais mes parents étaient contents. Je jouais moins, je devenais raisonnable. J'ai voulu reprendre sérieusement à un moment, toujours avec Serguei. Mais je n'étais plus un junior. Monsieur Charly ne m'a jamais appelé. Sur deux saisons, j'ai jonglé entre méforme, défaites, gamberge, crise et pétages de plombs. À mon niveau, c'était devenu trop dur, le vernis lisse de l'élève doué avait craqué. Je devais me faire une raison, je ne serais jamais le grand champion que j'aurais voulu être.

Éric m'a été d'un grand secours à cette époque. Lui était là, fidèle et disponible, à me secouer les puces, à m'inciter à voir les choses autrement. Il fallait que je me change les idées et que je grandisse un peu. Il m'invitait à le rejoindre à la campagne et monter Croco, longtemps resté un fidèle compagnon. J'ai découvert que la vie était plus large qu'un carré de service.

Toujours disposé à vivre ailleurs, Éric m'a aussi embarqué avec lui dans ses aventures nocturnes. Sa campagne n'était pas si loin de Paris et sa GTI qui filait à toute allure sur l'autoroute faisait fondre les distances.

Nous avons un temps beaucoup vogué vers un petit triangle d'or parisien. Plusieurs années en fait. Nous avions la santé. Éric faisait le baisemain aux petites qui tenaient les vestiaires des boîtes de strip-tease et roulait des pelles à des dames pipi des clubs de l'avenue des Champs-Élysées. Infernal. Charmant.

Un jour, pour la première fois, nous nous sommes disputés. Au cours d'une énième virée, une fille est apparue. On eût dit que la magie de la nuit l'avait conduite exprès jusqu'à moi. Dès le moment où j'ai croisé son regard, on ne s'est plus quittés de la soirée. J'ai senti mon cœur battre la chamade au moment où je lui ai frôlé la main. En déboulant sur les boulevards au petit matin, elle a eu froid. J'ai ôté mon pull mais c'est Éric qui s'est proposé de la réchauffer dans ses bras. Je ne me souviens plus de son nom mais je revois son nez fin, ses boucles blondes, ses clavicules de danseuse qui la plaçaient avec une forme d'évidence au centre des choses. Elle venait d'une de ces familles de grands industriels dont les enfants passent la moitié du temps en pensionnat et l'autre en boîte de nuit. J'ai compris que je ne pourrais rien faire parce qu'Éric et elle n'avaient pas besoin de se parler pour se comprendre. Ils venaient du même monde et c'est pourquoi, dans ses bras où elle était venue doucement se loger, elle s'était recroquevillée comme un métal incurvé dans une pièce d'armure. Qui avait secrètement attiré l'autre ? Je ne l'ai jamais su. Sous mes yeux, ils s'étaient unis et j'en ai été longtemps meurtri de jalousie et de désespoir. Je les haïssais. Eux et leur monde.

Cette histoire avec cette fille apparue comme par enchantement n'a pas duré plus d'une nuit pour Éric mais ma rancœur a tenu. On ne s'est pas vus pendant quelque temps. J'étais fâché. À mort.

J'ai alors encore voulu conjurer le sort et m'accrocher une dernière fois au tennis. Je devais avoir vingt-cinq ans. C'est encore jeune.

2

Je me suis inscrit tout seul à des tournois multichances. On se souvenait de moi comme d'un cheval sur le retour. J'ai disputé quelques matchs serrés. J'entamais la partie avec les meilleures intentions, boosté à bloc, et me retrouvais au fil des jeux dépossédé de ma propre énergie, fantôme errant sur le court. Je devais faire peine à voir. Un homme qui se noie à qui on ne peut plus porter secours. Voilà ce que j'étais devenu.

Je me suis mis à parler tout haut, à ronchonner, à vociférer, à gueuler. Assis sur ma chaise, après deux sets encaissés d'une partie disputée sous la bruine, au mois d'octobre et sous un vent glacial, contre un jeune même pas classé, je poursuivais mon soliloque de maudit. J'étais proche de ces fous qu'on croise dans les grandes villes sur les quais du métro ou dans les jardins publics. Au moins, dans un vrai combat, les choses sont claires. On en vient aux mains. Au tennis, je me battais maintenant avec le lointain, le diffus et déjà les ombres du passé.

Pourquoi cela fait-il si mal de perdre ? Comment une chose peut-elle faire aussi mal ? Personne ne vous le dit mais c'est ce que vous ressentez. C'est ce que moi j'ai ressenti et transcrit par ces simples mots : « Tu n'es plus à la hauteur. » Je n'avais plus de condition ni d'inspiration. Je n'avais pas réussi à résoudre le problème qui m'était posé. J'avais été incapable de briser l'attrait morbide de la défaite. Tout ce travail, ces heures passées, absurdes de répétition, tous ces espoirs et ces attentes, toutes ces chimères, toute cette sueur pour arriver au sentiment de vide. Ma dernière balle avait cogné la bande du filet qui renvoie ce bruit si caractéristique, si mat, pire qu'une gifle, le fouet d'une correction. Elle s'était avachie de mon côté. Même pas capable de maîtriser le b.a.-ba de mon métier. Durant toute une année, je m'en suis alors pris à moi-même et aux autres. J'ai été attiré un temps par le fond. J'ai fait du mal aux gens. Y compris aux miens. J'étais fâché avec la terre entière. J'ai définitivement arrêté de jouer.

Coup de sifflet.

Fin de partie.

Avec ce que j'appelais délibérément ma « retraite sportive », mon monde s'écroulait à nouveau. En vérité, on exagère toujours. Mon monde avait tremblé sur ses bases mais il avait tenu. Les rancœurs et les colères, tout ce vacarme intérieur est aujourd'hui oublié. Il a glissé, faute d'attention et d'entretien, le long du grand toboggan de l'oubli. D'ailleurs, de ce passé plein de bruits et de fureurs, il ne me reste que quelques souvenirs flous.

De toute façon, il fallait regarder les choses en face, mes espoirs étaient vains. Depuis cette défaite absurde, ce jour où, pour la première fois de ma vie de joueur, j'avais laissé filer le match, je pouvais tirer un bilan définitif. J'avais eu en fait de bons professeurs, j'avais été aussi haut qu'il m'avait été permis d'aller, peut-être que j'avais manqué seulement d'un peu de chance au moment où j'en aurais eu le plus besoin. Le jeu, je devais le quitter sans rancune.

Éric, le fidèle, l'éternel Éric, avec qui j'ai fini par me réconcilier, était là, à côté de moi, mettant l'ambiance et montant le son. Faisant le pitre. Il s'était lui aussi retiré du jeu et n'en concevait aucun regret. Il avait usé la patience d'un grand nombre d'entraîneurs et avait fait valser des batteries entières de raquettes. Il me disait regretter le bon temps des manches en bois que je l'avais vu briser d'un coup sec. Les toutes nouvelles graphites en carbone incassables – elles ne faisaient que rebondir quand il les jetait par terre et rendaient sa colère grotesque – le déprimaient. Un jour, il m'a avoué qu'il avait détesté jouer au tennis. Que s'il avait su, il aurait fait pilote de rallye. Quelque chose de plus grisant. De plus « marrant ». Il employait tout le temps ce mot. Le seul regret qu'il concédait était l'idée saugrenue que lui et moi aurions dû jouer en double (nous n'y avions jamais pensé). Il aurait occupé la volée bien sûr.

« On aurait fait un carton, Alain. Moi devant, toi derrière. Ils se seraient tous cassé les dents. Rien ne serait passé ! »

Éric m'a proposé une affaire : ouvrir un resto de poissons sur la côte, pas loin de Monaco. Ainsi, financée par des amis du père d'Éric qui avait des actifs dans des entreprises du CAC 40, La Pergola a vu le jour. Avec un chef étoilé aux manettes, la constante bonne humeur d'Éric et le point de vue incroyable dont nous jouissions qui donnait, au-dessus de quelques courts de tennis, pleinement sur la mer, notre adresse est devenue en un rien de temps une institution. Les anciens du circuit y venaient régulièrement. On recevait tout de blanc vêtus. On se plaisait à jouer aux vétérans tout au long de l'après-midi, cachés derrière des lunettes de soleil. Les bouteilles de vin blanc frappé défilaient.

3

Il y a certaines années dont on ne sait pas ce qu'elles sont devenues. Elles ont dû s'engouffrer dans un chapeau noir et, par la magie d'un tour, ne laisser en nous, en lieu et place d'une mémoire, que de petites cicatrices. Durant les vingt ans où on a tenu La Pergola, j'ai toujours disposé d'un verre à portée de main. Vingt ans, ça fait long pour une gueule de bois. Plus les années passaient et plus toute une confrérie d'anciens du circuit venait rejoindre notre petit club. Nous refaisions nos matchs et exagérions notre passé tout en faisant semblant d'ignorer le présent. De l'avis commun, le jeu avait changé, le milieu n'était plus le même. C'est à peine si aujourd'hui le tennis était intéressant. Pour me présenter et amuser la galerie, il n'était pas rare qu'Éric dise de moi devant tout le monde que j'étais le meilleur renvoyeur du circuit de l'époque et qu'on me craignait parce que j'étais une vraie « plaie » à jouer. Sacré limeur ! Crocodile !

Lors de ces après-midi paresseuses et embuées d'alcool, je commençais à tirer la conclusion que tous ces matchs, certains tournois aussi, je ne les avais pas vraiment gagnés mais que c'était – presque toujours de guerre lasse – les autres qui les avaient perdus.

Je m'étais dédouané de toutes mes responsabilités. J'avais tout jeté cul par-dessus bord. L'alcool est entré à point nommé dans ma vie pour pallier les manques du passé. Ce phénomène très identifié chez les sportifs, appelé "décompensation", se manifeste après l'arrêt d'une pratique intensive. L'alcool ou la drogue, ou le sexe, ou ce que vous voulez, comble le vide laissé. Le manque d'endorphines, que vous sécrétiez auparavant en abondance, se fait brusquement sentir et il faut trouver une solution de rechange. Pratique, disponible et reconnu socialement, bref l'ami de toujours, j'ai longtemps choisi l'alcool comme compagnon idéal.

Tout le monde appréciait l'ambiance club-house de La Pergola et la vue dégagée que nous avions sur la mer. Je n'étais pour rien dans ce succès. Éric y était pour l'essentiel. Ayant fini par abandonner ses affaires pour se focaliser sur La Pergola, il avait transformé le lieu en une adresse incontournable de la côte, un endroit très chic mais décontracté.

« Tamisez les lumières. Que la fête commence ! » avait-il pris l'habitude de dire à partir du vendredi soir. Aux alentours de minuit.

À partir de cette annonce donc, on sentait la chaleur monter d'un cran et l'atmosphère devenir plus moite. Les abords du bar se remplissaient. Les bouchons de champagne sautaient. J'ai été le spectateur de tout ce désordre joyeux pendant des années et je n'en vois à présent plus que le sordide.

Une heure plus tard, ça bat son plein là-haut, ça hurle et danse. Éric veut que tout le monde soit à son aise. Il passe de table en table et multiplie les accolades. Sur les femmes, il porte un regard sans détour. Jeu d'attaque.

Parmi ses anciennes maîtresses, toute une cohorte de femmes qui comme nous ne sont plus jeunes mais qui se déchaînent sur la piste de danse improvisée près du bar. Elles sont trop maigres, elles veulent porter leur jean comme des adolescentes. Elles fument trop. Tout le temps. Dans leurs yeux on enregistre la crainte de n'être plus désirées. À les observer, j'ai compris qu'elles voulaient être considérées. Ne pas être vues pouvait les rendre irritables et secrètes, et même méchantes.

Véra, la nouvelle femme d'Éric, est la première de la bande à s'être fait lifter. Elle lui avait parlé d'une toute petite intervention. Pour elle il ne s'agissait même pas d'un lifting, elle allait presque jusqu'à soutenir qu'elle était contre, qu'il s'agissait d'un « rien du tout » qui ne se verrait presque pas, pour enlever quelque chose à ses paupières qu'elle trouvait trop gonflées, et là cette peau du cou un peu flasque. Et puis du gras ici aussi. Ah bon ? Quand Éric l'a vue, du moins quand elle a enlevé les bandages, il a eu un choc. Il m'a raconté tout ça.

« Il faut savoir que c'est très impressionnant, quelqu'un

qui vient de se faire lifter, m'a-t-il expliqué. On dirait un grand accidenté de la route ou bien une femme battue, comme ces Américaines qui se prennent des vraies dérouillées, tu vois. »

Après quelques semaines, une fois les bandages ôtés, quelques plaies cicatrisées, Véra affichait une drôle de tête de hibou à la peau lisse. Ne restaient que les yeux pour la reconnaître. J'ai eu l'impression, quand je l'ai vue pour la première fois, d'avoir devant moi une nouvelle Véra. Sa petite sœur ? Sa cousine ? Sa fille ?

Éric m'a appris qu'elle était satisfaite de l'opération et qu'elle allait se faire refaire les seins aussi. Il est parti dans un grand rire.

En fin de semaine, La Pergola se transformait en une sorte de bar-boîte où, le samedi, le flot des clients grossissait encore. Tous venaient pour s'amuser. Nous avions une clientèle triée sur le volet, c'est-à-dire uniquement friquée, qui se trémoussait chez nous comme si nous étions chez Castel. On y trouvait des gens de tennis, quelques vedettes des médias, des notables du coin et cette clientèle riche et internationale qui vit par intermittence sur la côte. Il y avait autour de nous toute une petite bande constituée. Rita et Michel, Gaspard et Olivia, Swen et Karine, Jean-Luc et Gaëlle. J'ai vu tous ces couples se déchirer les uns après les autres. Les femmes qui n'en pouvaient plus et les hommes qui se foutaient de tout. Des siècles de civilisation pour en arriver là, voir des adultes de cinquante ans prêts à trépigner comme des gosses pour un tour de manège en plus. Pour « faire la fête ». « Libre, libre », ce mot mille fois entendu, devenu vide de sens. « S'éclater. » De là toutes ces familles éclatées, certainement. Et puis cela n'a fait que se répéter tant et plus. Même à cinquante, même à soixante. Vouloir être libre à tout prix. Ne penser qu'à soi.

Montez trois marches, poussez la porte de La Pergola après 3 heures du matin, baissez la tête, l'arête est un peu basse, on risque de se cogner, et voyez le résultat. Vous découvrirez le beau tableau de la liberté en marche, la liberté guidant le peuple, Christine, Flo et Sylvie en transe au milieu de la piste, mimant encore à leur âge des poses érotiques de lap dance. Pour les hommes, viande saoule, je ne dirai pas mieux. Par exemple et bon exemple tiens, Éric, qui fume trop et qui boit trop mais qui n'a pas rencontré, contrairement à moi, de problèmes de santé. Y a pas de justice. C'est encore lui, Éric, qui doit taper du pied le plus fort. Il n'a jamais réussi à se calmer. Il est bientôt 4 heures et il parle de « ravitaillement » en prenant le chemin de la cave avec une jeune Hongroise de passage. Véra est partie se coucher. Elle connaît Éric, elle ne le suit plus. Son lifting, ses seins, elle l'a fait pour elle d'abord et peut-être pour un autre.

Comme tous les ivrognes, il y aura un moment où Éric va venir se coller à quelqu'un. C'est souvent tombé sur moi, pour étaler, yeux dans les yeux, haleine contre haleine, son manque d'amour et son besoin d'affection. Tu parles. Y a pas eu plus chanceux et couvé que ce petit con d'Éric. Comme tous les enfants gâtés, Éric en veut toujours plus.

Derrière le bar, trônent nos coupes et nos trophées. Je ne saurais plus différencier les miennes des siennes. Nous avons grandi et vieilli ensemble. Éric n'a jamais été un mauvais garçon et il faut le prendre tel qu'il est. Il aurait pu être dans le top 10 mondial. Il ne dira jamais ce qui lui a manqué mais moi, je le sais : la rigueur, le travail et la détermination. Le don ne suffit pas. Et pourtant chez lui il était gigantesque. Comme tous les escrocs sympathiques, il veut faire croire qu'un mauvais alignement des étoiles a fait barrage à son destin. Son credo se décline toujours au conditionnel passé : « j'aurais dû ». Mais j'exagère. Éric ne se plaint pas et ne se vante jamais. Il continue comme avant de vivre l'instant présent et de ne rien regretter. Il ne se réfugie pas dans une mythologie qui aurait consacré son passé. Aux lèvres, il a toujours cette phrase :

« On s'en fout, non ? »

Oui, ils ont l'air de bien s'amuser. Moi, l'envie de rire m'est passée.

4

Nous allons atterrir.

L'avion a amorcé sa descente. Le train d'atterrissage est sorti.

Au loin des montagnes asymétriques encadrent l'arrière-pays, la roche ciselée découpe parfaitement les côtes du rivage, le cercle de la baie des Anges s'ouvre sous nos yeux avec mille lumières qui commencent à scintiller. Les doigts de Christine sont encore sur les miens. Dans moins d'une heure nous serons à la maison. Nous irons sur la terrasse sentir le vent chaud, voir le ciel et la mer se marier dans le noir.

Je dois beaucoup à Christine. Au départ, je n'attendais pas grand-chose de notre histoire. Je n'y croyais pas. Je laissais faire. Depuis des années je ne faisais plus qu'enchaîner des relations sans lendemain.

Christine m'avait été présentée au resto par un ami du circuit. Pas Éric, heureusement ! J'aurais été sûr sinon qu'il l'avait déjà possédée et m'en serait détourné immédiatement.

De nature discrète, toujours bien habillée mais sans ostentation, avec ses chemisiers bleus bien coupés, ses pantalons à pince élégants, portant des talons discrets, parfois même plats, elle avait une vraie allure quand on commençait à la regarder en détail car elle, contrairement à beaucoup, multipliait les stratagèmes pour passer inaperçue. Au resto, beaucoup de femmes défilaient, celles de la côte, qu'on repérait au clinquant du bijou, au moulant de la robe ; celles étrangères, précellence aux Russes, qui affichaient sur le portant de leur propre corps toute une panoplie de luxe criard, et enfin celles dont la jeunesse était passée et qui faisaient des efforts vains parce que désespérés pour continuer de séduire.

Christine était différente. Elle s'intéressait aux choses et aux gens avec naturel. Je me souviens qu'elle a été la seule à me demander s'il n'était pas trop difficile pour un ancien joueur d'avoir des photos de champions sous les yeux et, en contrebas du resto, trois courts de tennis dont l'impact des balles martelait, sans que je m'en rende compte, mon crâne comme la goutte du supplice chinois.

« Non, je ne sais pas. Je n'y avais jamais pensé, lui ai-je répondu. De toute façon, je ne joue plus. »

Elle est la première à qui j'ai pu avouer qu'après avoir adulé ce sport, je l'avais détesté et rejeté complètement. Je m'étais promis de ne plus jamais toucher une raquette.

Elle m'avait regardé droit dans les yeux sans me répondre. Christine avait quelques rides au coin des lèvres et avait gardé des pommettes hautes et des joues d'enfant. Son rouge à lèvres ne lui gonflait pas la bouche comme l'œil d'un poteau de feu rouge mais, justement placé en fine barre horizontale, rehaussait la blancheur naturelle de sa peau. Je me suis penché vers elle et j'ai soulevé ses cheveux. Quand j'ai découvert les fines veines bleues qui couraient dans son cou et qui formaient les petits affluents du grand fleuve de sa veine jugulaire, j'ai eu le sentiment d'aborder un monde inconnu où je pourrais enfin me laisser dériver en paix et me sentir bien. Christine avait un très beau visage. Son regard fronçait quand elle n'était pas d'accord avec vous. Mais elle ne disait rien. Sa figure conservait un calme presque impassible.

Je l'ai attirée vers moi.

Nous nous sommes embrassés.

En se penchant, on visualise très bien les courts de tennis en dessous de La Pergola, espace de scène d'un théâtre fantôme. J'entends l'écho d'échanges se prolonger et vois se déplacer les ombres des joueurs sur les courts. Lentement, à la tombée du soir, je recommence à imaginer depuis peu des phases de jeu, à élaborer une tactique, à peaufiner un coup, comme ça, en douce, avec l'action de mon poignet. Je sais que tout cela est fini. Définitivement fini.

J'ai mis le temps et puis un jour j'en ai parlé à Christine.

« Jouer au tennis, tu veux dire ? m'a-t-elle arrêté, inquiète.

— Non, pas vraiment, juste renvoyer quelques balles », me suis-je défendu.

Ses yeux ont pétillé. Elle est restée longuement silencieuse et m'a effleuré la main. Encourageante, elle m'a dit que ce n'était pas une si mauvaise idée.

Le mois suivant, j'ai dû monter seul en région parisienne voir mon père. Ma mère s'était subitement inquiétée de son état de santé. Rien ne m'a semblé si grave compte tenu de sa situation de diabétique chronique mais j'ai décidé de rester avec eux quelques jours pour leur tenir compagnie. Ça a aussi été l'occasion de joindre Gaël qui habite en Polynésie. Mon petit frère est devenu architecte naval. Il dessine des bateaux. Avec sa femme et leurs jumeaux, ils vivent à Pirae, entre mer et montagne. On s'envoie plus ou moins régulièrement des mails, des photos, parfois des petits films. Mais nous nous connaissons mal. La vie nous a séparés. Peut-être nous retrouverons-nous un jour autrement et mieux qu'autour d'un écran.

5

L'odeur des balles neuves. Oui, cette propreté toute chimique et ce jaune tirant sur le fluo découvert la première fois au magasin de sport et dont je ne m'étais jamais lassé. Cette odeur qui enivre un peu comme la colle en petit pot qu'on nous remettait en début d'année à l'école primaire, comme l'essence de térébenthine, comme l'effluve d'une couche de peinture adhésive qu'on utilise principalement pour les sols des parkings, c'est cette odeur-là qui m'est tout de suite montée à la tête quand j'ai remis, au terme d'une balade qui m'a conduit par hasard jusqu'à lui, les pieds dans mon premier club, le TCE de l'Essonne.

Certaines zones avaient été refaites mais le court couvert, enceint de cette sorte de chapiteau, était resté le même. Tout fait de béton. Bien sûr l'endroit m'a paru plus petit et bien plus miteux que lors de mon adolescence. Le complexe sportif portait désormais le nom du maire qui l'avait fait construire. Il l'avait laissée, lui, son empreinte.

J'ai poussé la porte et me suis retrouvé face au blason du

club : d'un côté notre lion avec sa patte en l'air, manifestant sa force et sa volonté ; de l'autre, séparée par une diagonale, une simple raquette en bois. J'ai eu la sensation de retrouver un vieux monde qui faisait entendre sa rengaine étranglée.

D'autres jeunes gens vivent sûrement aujourd'hui les mêmes choses que j'avais ressenties ici, me suis-je dit, et les huit courts qui sont au même emplacement que jadis doivent toujours être le théâtre de luttes flamboyantes, comme seul le tennis en produit. Une vague de mélancolie risque de m'enlever, que je retiens par le barrage d'un sourire puisqu'un homme jeune et très dynamique vient vers moi.

« Ah, vous découvrez notre club ! »

Écusson cousu sur T-shirt crème, mocassins, pantalon de toile en lin, lunettes de soleil argentées déposées comme une tiare sur le front, directeur de la communication du club, comme il se définit, il me serre longuement la main. Il ne me la lâche plus. Sur le nouveau court en synthé, il m'invite à regarder un jeune prodige du club, un certain Jérémy, âgé de quatorze ans, classé 2/6, qui tape la balle.

« Il ira loin », dis-je simplement.

J'en parle le soir même à Christine au téléphone. Elle n'a pas trouvé mon histoire bête ou ridicule. Elle voit plutôt du bon dans tout ça. Christine. Des mots justes. Toujours. L'évidence de ceux qui ont compris quelque chose à l'existence. Elle veut savoir si ça va. Elle peut m'offrir quelques paroles, des mots simples qui chez elle ne sont pas creux.

« Vas-y, me dit-elle. Ce qui compte est ce qui est le plus précieux. »

Le lendemain, je chausse des tennis, deux paires de chaussettes et saisis une raquette neuve, que je n'ai jamais utilisée, dans le garage de mes parents. Sur le court, ma raquette à la main, ce n'est pas la nette visualisation du terrain, ni la délectable sensation de « rentrer dans la balle », ni de savoir encore glisser qui me surprend, c'est d'avoir encore ce corps de tennisman forgé par les milliers d'heures d'entraînement. Les cals de ma main droite n'ont jamais disparu. Pourtant cela fait si longtemps que je ne joue plus. Sur cette nouvelle raquette que je tiens et que je serre fort, sous les couches de grip, le cuir de veau du manche finira par se trouver d'ici quelques jours lui aussi modifié par la contraction que lui imprime ma paume. Je vais y laisser, comme pour un moulage, mon empreinte de joueur.

Je suis face au mur et je règle mon plan de frappe.

Attention, la rencontre de la balle et de la raquette se fait devant la ligne de corps. Tu le sens bien que si tu es en place. Sinon tu risques d'arroser. Prends la balle plein centre de la raquette. Plus tu joues, plus tu le sens.

J'ai joué une bonne heure au mur sans m'arrêter, me repassant les bonnes vieilles combinaisons de Pierre-Paul, le barillet à six coups. Je sens dans mon dos quelques paires d'yeux qui m'observent.

J'ai longtemps cru que c'en était fini pour moi du tennis

parce que la défaite y est trop amère. Sur un faux mouvement, les nerfs de mon dos s'enflamment et le déplacement de ma vertèbre, la L5, m'éperonne. Mais je joue. Ai-je d'ailleurs jamais cessé de jouer ?

Je suis et je reste un joueur de tennis.

Au fond de moi j'avais peut-être toujours essayé de taire une douleur que seul le jeu et non l'enjeu savait calmer. Cette fêlure qu'il était impossible de combler et qui s'était ouverte jusqu'à la béance allait peut-être se cicatriser à présent. Le baume de l'âge vaporiserait son liquide sur mon corps et le ferait renaître. « Tu pourras moins faire mais tu feras mieux, m'a glissé Christine quand je suis rentré et que je lui ai conté ma petite épopée. Pourquoi ne pas enseigner le tennis aux autres ? Apporter ce que tu connais. Prodiguer des conseils. Arrêter de souffrir, aider. » Du Christine dans le texte.

Nous courons derrière des balles, essayons de les attraper, pouvons les saisir, les renvoyer, c'est le plus beau jeu qui soit. Sur une photo que j'ai retrouvée chez mes parents, j'apparais enfant derrière un gros ballon de cuir. Je semble à peine plus grand que lui. Mon regard se porte sur la balle, mon allure est décidée. D'où vient qu'on se passionne pour quelque chose ? Qu'une habitude s'ancre dans notre corps ? Tout cela demeure si mystérieux.

Qu'est-ce que je pourrais enseigner ? Qu'est-ce que je sais ? Je sais désormais combien les choses sont fragiles.

C'est pourquoi, plus que jamais, je veux prolonger l'instant le plus longtemps possible. Dans le jeu principalement, comme lorsque ma mère m'appelait au moins dix fois du haut du balcon pour que je rentre manger : « Allez, ça suffit maintenant, Alain, monte. » Ce désir de faire durer l'échange. À l'infini.

Avoir l'avantage, commettre une faute, faire un break, gagner son service, le tennis emprunte son vocabulaire à la vie dont il est une réplique en miniature. Chaque match révèle sa propre importance. Chaque point développe sa structure. Le mouvement est incessant et pourtant il faut toujours recommencer. Se repositionner, servir, respecter le tracé de la ligne, repartir à zéro. Prendre chaque point l'un après l'autre jusqu'au terme. Comme dans la vie justement, où nous sommes tenus d'espérer, même au seuil de la mort. Toute cette accumulation de points qui font des jeux, de jeux qui font des sets, de sets qui font des victoires et des défaites. Et de recommencer. Joueur de tennis, définition : « Celui qui possède l'énergie de vouloir recommencer. »

Et dans ce temps égrené de secondes en minutes, de minutes en heures, passer par tous les états de l'âme, de l'hébétude à la délivrance, de l'abattement à la félicité. Par excellence école du doute, le tennis oblige le joueur à considérer le caractère éphémère et réversible de toute situation – qui seras-tu demain, qui seras-tu au jeu suivant ? – mais, par souci de politesse et goût de l'intrigue, on doit s'efforcer, nous joueurs, de renvoyer la balle du mieux qu'on peut.

J'ai découvert que toutes les trajectoires empruntées par mes incessants renvois de fond de court avaient créé un chant particulier fait d'infinies variations. Mis bout à bout, indépendamment de la victoire ou la défaite qui ne comptaient plus pour moi, ces fragments de jeu, ces cantiques, m'avaient réconcilié avec moi-même.

Quel est le moment de joie où toutes choses ont été absolument en place dans ma vie ? Je sais. Cela a commencé sur le mur d'un garage du bâtiment C d'un lotissement près de Pornic. Sur cet écran mon histoire a commencé à s'écrire. Il n'y a que sur un court de tennis que pour moi une extase a pu se produire, dans un périmètre rectangulaire de 23,77 mètres de long sur 8,23 mètres de large divisé en son milieu par un filet suspendu à un câble et dont les extrémités sont fixées à deux poteaux.

DU MÊME AUTEUR

Le Dernier des Monterazzi, avec Jean-François Gombert, éditions Robert Laffont, 2005

D'un aussi grand amour, avec Jean-François Gombert, éditions Robert Laffont, 2007

L'Idiot International, une anthologie, éditions Albin Michel, 2005

Poèmes par cœur, éditions Seghers, 2014

FSC
www.fsc.org
MIXTE
Papier issu de sources responsables
FSC® C003309

L'éditeur de cet ouvrage s'engage dans une démarche de certification FSC® qui contribue à la préservation des forêts pour les générations futures.

Pour en savoir plus :
www.editis.com/engagement-rse/

Achevé d'imprimer par
Normandie Roto Impression s.a.s. à Lonrai
N° d'impression : 2200881

Imprimé en France